U0117183

潘热作品选集 1

[法] 罗贝尔·潘热 著

某　人

李建新　译

湖南文艺出版社

图书在版编目（CIP）数据

某人/（法）罗贝尔·潘热著；李建新译. —长沙：
湖南文艺出版社，2024. 3
　（潘热作品选集；1）
　ISBN 978-7-5726-1279-4

　Ⅰ. ①某… Ⅱ. ①罗… ②李… Ⅲ. ①长篇小说-法
国-现代 Ⅳ. ①I565. 45

中国国家版本馆 CIP 数据核字（2023）第 219262 号

著作权合同图字：18-2023-203

潘热作品选集 1

某人
MOU REN

著　　者：[法]罗贝尔·潘热
译　　者：李建新
出 版 人：陈新文　　　　责任编辑：唐　明　张　璐
特约编辑：陈美洁　　　　装帧设计：CANTONBON
出版发行：湖南文艺出版社
印　　刷：长沙超峰印刷有限公司
经　　销：新华书店
开　　本：787 mm×1092 mm　1/32
印　　张：8. 75
字　　数：136 千字
版　　次：2024 年 3 月第 1 版
印　　次：2024 年 3 月第 1 次印刷
书　　号：ISBN 978-7-5726-1279-4
定　　价：53. 00 元
（如有印装质量问题，请与本社出版科 0731-85983015
联系调换）

某 人

ROBERT PINGET

QUELQU'UN

那张纸本来就在这儿，在桌子上，在花瓶旁边，它不可能飞走了。她是不是来收拾过了？她是不是把它跟别的纸放在一起了？我到处看过了，到处搜检过了，我浪费了整整一个上午，却没能找到它。这真让人恼火，让人恼火。几年来我一直告诉她不要碰这张桌子。可这只能保持两天。到第三天她就又开始动这张桌上的东西，我便什么也找不到了。好像到处都是一样，在所有的房子里，在所有的家庭中。那么就应当不要女仆或女人。我，我可以不要她们。我有自己的事情，自己的工作，我可以不要任何人，我可以独自生活。吃饭是一点儿也不复杂的而其他的就没有什么了。只有工作是重要的。真是的，一生都被一些为你整理纸张的人弄得烦恼不堪。我本该是另外一个样子的，但是你看，我被卷入了生活之中，只是不知道是怎样卷进来的罢了。我不想谈论我的生活，但可能不得不谈。这很没意思，很乏味。要想一想这是不是真的。要相信我们别无选择。我很久以来就知道这一点，我们别无选择，但就是有一些人告诉您说不对，我们是负有责任的，我们是自由的，一大堆的废话。他们向您阐述一些理由，他们用 A 加 B 向您证明，他们难倒了您。我总是处于这种状况。每次他们都把我难住了。为了提出我自己的论据，我很快就被难住了，我没有论据。我试图从一个推理开始，试图略施小计，试图让人相信我知道一些事情，我有经验。我谈起不幸，谈起倒霉事儿，谈起妨碍您、拆您墙脚的家伙。我试图将我说的内容归纳成一个形式，可我的引证完全是错的，我将思想家、神秘主义者混淆在一起，很快人们就意识到我说话颠三倒四，意识到我没有任何学问，除了自命不凡，什么都没有。而这恰恰错了，我根本就没有自命不凡，这是他们强加给我的。他们不是一次，而是上千次地将我置于这种境地。我不应当任人捉弄，我应当甩开一切隐居到乡下，可是我总是对自己说还不到时候，我需要别人，我应当生活在集体当中，生活在一大堆最终会将我们难倒的违心的事情当中。就是这些难倒了我们。我一如既往地知道我什么也不需要，知道我有自己微末的工作，知道我可以自

2

己做饭，我总是这样对自己说，我鄙视所有的人而我却和他们待在一起。

所有这些都是因为这张纸。没有这张纸我就不能继续下去。或者它被吹走了？我是不是任窗户一直开着？天这么热这是可能的，但我肯定不会在那张纸上什么也不放。烟灰缸、放大镜，或是什么东西。我是那么小心。我总是对自己说纸会被吹走的。我不会就这样把它扔在那儿的。除非是有人来打扰了我？有人要我马上下楼去？

我已经感到应当谈谈我的生活了。这让我感到极其烦恼。我尽可能避免这样做。我甚至将它详细地写了下来以便摆脱它，以便不必再提起它。我想大概这样做就像是用了某种驱魔术或是咒语。例如就像摸了木头一样①。但这不是真的。总是有某个细节被您遗漏而您一有机会就落入了陷阱。别人跟您正谈着某件事情突然您说这就像我一样，我昨天就遇到了这种事，然后您就解释、说明，您便心安理得了，就转入另一个话题，而别人却感到不耐烦了，首先，一切都应当井然有序。不可能。您再一次陷入了一团屎，不可自拔。就好像您要把屎一直带在身边，以便随处放置似的。我要说的

① 法国人认为摸木头能祛除坏运气。

3

不是这个。就好像您总是需要将您的生活裹成一个非常结实的包裹，可以随时拿上它带到各处。而这甚至不是一个形象化的比喻，我不应当说好像，它就是这个样子。它就是这样发生的。生活被装在一个手提箱里，排列整齐，分类明确，在必要的时候人们总是能够找到需要的东西。于是人们便不停地整理手提箱，总是在打包某样东西。哪怕是在谈论好天气的时候。在我的手提箱里有个东西没有就位。我重新打开箱子，重新分类，重新打包好，再次整装好，但是你瞧，天气不再晴朗了，我被淋湿了，一直浸透到骨头里。于是我又打开手提箱。看来我是故意这样做的。看来我每秒钟都在等待着再次打开它。

我这样说，我对此一无所知，可能这是错的，就像我那些神秘的想象一样。然后我谈着，谈着，我自行辩解，我没有习惯。真的我一直都在做我微末的工作，我不再跟任何人讲话，我的意思是很认真。我的小卡片，我的小笔记，我的小纸头。最后它们彻底消耗了我的精力，使我失去了对现实的感觉。现实。说到底，我并不在乎它。我受够了。从前，当我还没有开始我微末的工作的时候，我就像所有的人一样，我讲话，我体验生活，我像人们所说的那样生活着。我对自己感到厌烦。这个词很这会很困难，我会不知道该怎样说。那些欲望，那些障碍。要是我能摆脱这个念头，摆脱这个恐惧，简单地谈一谈我正在寻找的那张纸，什么都不担心就好了。但是我不能指望这个，我了解自己。所有的事情都会与之纠缠在一起，生活也会受到干扰。我放弃了直截了当。并非我喜欢把事情搞得复杂，我发誓。只是有一些小小的忧虑，小小的想法，小小的满足。特别是我的工作，我的手稿，总之是我称之为手稿的东西。这是一篇关于植物的论文。根本不是技术性的，根本不是文学性的。只是我的一些观察。我还没有提到我们这儿四分之一、十分之一的植物，这儿的植物是这么多，因此需要那么多细节。与我有关系的细节，与我有很大关系的细节。不是方法，而是细节。方法，又一件让我受够了的事情。它使一切都走了样，它使一切都不正常。我尝试过用它来讲述我的生活，人们知道它把我引向了哪里。开始时我曾尝试过将它用在我的那些植物上，可它并没有激起我的兴趣而是让我昏昏欲睡。在应当查阅植物志和植物学时，谢谢了。自然界的一切芳香全都蒸发了。不不，一切都结束了。我做着我那微末的工作就好像这让我快乐似的，一边在上面写上个人的批语。就应当这样。一些个人的批语，不用害怕说出自己的意见。这也有风险，因为存在着谈论自己的可能，但我一感觉到有斜坡，就马上抓住花朵或树叶。

我热爱大自然。在办公室里工作竟把大自然给忘了可真蠢。我本来是绝不会想到您会如此缺乏与大自然的接触。我们就像人们常说的那样，习惯于某个作息时间、某项工作、某种安排。我们就像人们常说的那样根据自己的工作和闲暇，来安排自己的生活，当我们有闲暇的时候。闲暇。多么可怕。我说的是以前的闲暇，我以前有过的闲暇，在办公室里，以及那些在咖啡馆里的交谈，那些浪费了的时间。所有这一切都是操心怎样平易近人，怎样生活在群体之中，怎样关心别人，怎样对别人推心置腹。我知道这会带来什么。而我在大自然里做了什么？我甚至已经不知道大自然就在那里。以及鲜花、树叶和昆虫。而当人们意识到这些的时候常常太晚了。幸亏，幸亏我逃出了地狱。我及时地这么做了。我发现自己忘记了大自然是在一次散步中偶然意识到的，就像这样，而上帝知道我是不是很少散步。我离开办公室来到了这里。应当诚实地说我不是独自做出这个决定的。有些事情帮助了我。我已经被人们所知道的那些麻烦事搞得烦恼到了极点。总之我对此已是忍无可忍了。

10

这里。就是这里，又是环境。应当继续描绘其轮廓吗？让我们慢慢来吧。

唉，这里还不是乡村，也不僻静。我还是与别的人搅在了一起。但至少不是办公室了，描述应当准确。这是一所家庭式膳宿公寓①。位于郊区。几公里外就是真正的乡村了。我住在这里大约有十年了吧，我已经搞不清楚了。反正是在十年前我做了一件事情。就在我再也无法撑下去的时候，在我就要忍无可忍的时候。一个处境与我相同的朋友把我拖进了他的计划。我那时攒有两三个钱，他也是，我们把这些钱合起来买下了这所膳宿公寓。这所房子，应该说，是加斯东想到把它用来做家庭式膳宿公寓的。他需要我同意，让我们大概能够敞开肚皮吃饭。几个寄膳房客，最少量的。就这样。

花园很难看。二十米长二十米宽。中间是那棵栗树，而顶里头是杂物间，那是一间木板做的小杂屋。由于旁边那个工厂，我们不能待在花园里。到处都是黑色的粉尘以及工厂食堂烧焦的油烟味儿。到了夏季真是令人遗憾。我们一年到头已经是人堆人地挤在那间杂乱的大

---

① 家庭式膳宿公寓，即房东出租房间，但房间并不多，所有的房客都在固定的时间一起用餐。

屋子里，本来是完全可以去别处的。开始时我们曾试着每天打扫一下花园，但那可真是一件累人的活计。一层油腻的粉尘。光只打扫一下椅子和桌子就需要许多时间。我们放弃了。

我真诚地暗自寻思，我会一直寻思到底，我是否正好切入问题的要害。我已经感觉到了威胁着我的危险。除了环境以外，还有居民。与居民一起的，还有我。如果不做自我审查，我绝对无法平静地谈论他们的事情，甚至无法描述他们。一切都交错在一起，一切都被弄乱了，一切都相互阻碍。谈论加斯东已经使我感到不舒服了。我原打算不说姓名的。只说经理，房间一，房间二。这样不具名，就会有点儿模糊，有点儿不确定。杂烩，并不明确。但是有个声音在对我说，这可能会让人感到厌烦。难道我会让自己令人感到讨厌吗？我认为不会。当别人询问时，就应当尽可能地给予准确的回答。我说什么来着，询问。谁询问我？没有人，大人。请不要说我在回答问题。因为有人说过了。有人早就说过。在谈到我生活中的其他事情时，当我曾试图摆脱那些问题时。他在回答问题，你们看。那大概是警察。带有警察的口气，他必须回答，人们强迫他，人们逼问他。这一类蠢事。我的草稿想必写得不好。错到这种地步，给人如此错误的印象。真令人讨厌。至少是缺乏能力。总之我不想给人我在回答问题的印象。尽管我在回答问题，也不要给人这个印象，我刚才无意中说过人们在询问我。我是不由自主说出来的。够了。又是一件需要解释的事情，但说到底这样更好，推迟了切入问题要害的时间。

这个印象，这只是一个印象，它大概由来已久。在一开始，在我的初稿中，我就已经感觉我在回答问题。在某处有个模糊的问题我回答了。更为模糊的，甚至不是回答，请大家理解我。没有一个诸如您到哪里去或者您在做什么这样的句子。并不明确但出现了。或许是太不明确以至于我把它当成了问题？这是可能的。我本该伸长耳朵，本该再次开始的。我本来可以避免回答，如果不是必须的话。此外，可能那个时候我在虚构，我在尽力保护自己，这些拙劣的手稿把我折磨得痛苦不堪。我尽力将其中的错误掷回给来自某处的那个询问。这是可能的。不管怎样我继续用极其模糊的印象来回答。感觉非常地模糊。感觉。迷雾。我找不到合适的词。此外，总是因为我那功能减退的耳朵，我听到的就是这样或是我认为听到了答复。一个真正的贞德在事后证实这一切是很痛苦的。进入无声对话的状况并且再也无法摆脱它。比痛苦更甚。而我们本来可以做一些非常有趣的事情，登山，跑步，我不知道。误入歧途，像这样，正当年富力强的时候，愚蠢地，把时间都用来寻思自己是怎样弄错的。因为现在，我吹毛求疵、耍花招也没有用了，我清楚地感觉到自己是弄错了。已经无药可救了。即使竭尽所能。

不要失去理智。让一切都整齐有序，掌握一切。我用一个自己的问题开始这篇报告。这不一样。那张纸在哪里？一直回到这个问题上，不要看不到它。

当我在花园里搜寻的时候肯定发生了什么事情。我的记忆似乎中断了，分散了。我是不是探着脑袋朝花园大栅栏门看，是不是一边注视着街头一边瞎想来着？我是不是在想象对面花园里正在发生什么事情？什么也看不见，那里也有一堵墙。右边有几棵杏树怪物似的探出墙头。房顶上有一个风向标，呈机车形状。邻居是一个铁路退休人员。人们从来没有见过他。确切地说是我，我从来没有见过他。大概我出门的时间与他不同。因为我出门是为了去采集植物。但膳宿公寓里有些人看见过他，甚至跟他说过话。除非我搞错了，除非是另一个人。邻里关系、家长里短这些事情最让我心烦。我可以从中得到一些无关痛痒的小消息，这些小消息可能会使我分心。但屎就在不远处，我提前避开了。我说邻居们让我感到心烦。那么为什么要去想象他们在墙后干些什么事呢？难以理解。我的秉性令人难以理解。因为当我想到他们的时候，除了一些穷光蛋的故事，我想象不出别的事情，可我还是要想象这些故事。可能在这以后我就能较为容易地摆脱这些事情？也许。但这仍然是难以理解的，因为严格说来它们什么也不能给我。

除非我对某人谈过膳宿公寓？大概是的。某个出门的人。谁？我不知道，我不知道。这已经够让我恼火的了。然而我必须回答自己的这个问题。女仆。大概是女仆。她出门了她可能跟我说话。出门去哪儿？去菜市场，就像每天上午她去菜市场一样。是的，我想起来了。玛丽出门去买东西，她看见我在花园里搜寻着，她问我又在找什么。我告诉她是那张纸，您收拾过的那张讨厌的纸。她不高兴了。我的声调是令人讨厌的。不但没有封住她的嘴，这个令人讨厌的声调反而激怒了她，她生起气来，进行辩驳然后就没完没了。我早就知道这一点，可我每次都记不住。我不但没有克制自己，反而任凭自己发起脾气来。我生来是极少顶嘴的以至于我忘记了这一点。一个令人讨厌的声调能立刻使我停下来然后走开。而她，却相反。我本来是可以坚持到现在都不吵嘴的。但当时我忘了，我忘记了玛丽的性格我至少吵了有十分钟。我厌恶，厌恶这样。是的我清楚地记起，到最后她竟把"破玩意儿"这个词向我劈头盖脸地扔了过来，说我要是对"破玩意儿"以外的事感兴趣就好了。诸如此类的话。意识到一下子摧毁了我的未来她很高兴。这让我气得说不出话来。我被堵在了墙脚。她出门买东西去了而我只有眼泪汪汪地哭了起来。这个坏蛋她是对的，我的工作是破玩意儿。把时间都用来仔细察看几根干草这能说是工作吗？这是令人羞耻的，令人恶心的。当别人在努力的时候，当他们像贫苦的人们那样奋斗的时候，我却在马马虎虎地搞什么植物。我完全被打垮了。但这不是第一次了，幸亏。我知道浮上水面的窍门。不是真正的窍门，最终还是出于本能。当时我一下子就筋疲力尽了，我以为自己比任何时候都要糟糕，但是慢慢地光明出现了，力量恢复了。我又恢复了理智。我本能地恢复了理智。我再次对自己说我们曾有过奋斗、奋发努力的年代，我确实赢得了休息。我再次说服了自己。我本能地又说服了自己，然后再次站稳了脚跟。很久以来就不再是出于理智了，而是出于自卫的本能。但每次都让某个玛丽击败，每次都要重新浮上水面来，这毕竟是愚蠢的。这减弱了动作的威力。

威力逐渐消退。我意识到了这一点，因为这使我感到饥饿。我不得不吃点儿东西。那么大概就是这样了。在筋疲力尽之后，我去吃了点儿东西。我回了家我到了厨房。只能是这样。

这已经牵扯到了许多事情许多人。注意。而我已经脱口说出了玛丽的名字，我没能防避这一点。杂烩里少点儿东西也好，注意。也许最好能从我在花园里搜寻，并暗自寻思是否本来会发生别的什么事情那个时候重新讲起。我说到了邻居、风向标和玛丽，但这可能有点儿像是无稽之谈。我说我恢复了，说我想起来了，还说人们并不相信。我有点儿夸大，我在装样子。我的脑袋就像一个漏勺，这是我的弱点，我知道。但恢复使得我非常疲劳，以至于有些时候我说我好了，我想起来了，但并不是这样。不是因为我什么人都想欺骗，不是的。我厌恶谎言。但是疲劳产生了一种自卫的本能，来看看清楚吧。你们已经不知道是否曾有过一秒钟的软弱，或者你们是否真的想起来了。应当与本性做斗争的说法是不可信的。可能我刚才曾任由自己发脾气，可能我的本能在为自己说话。既然如此我可不想向本能举手投降。我想有一个清醒的头脑说我应当说的话。让我们暂且丢开真理的圈套吧。让我们紧紧地抓住责任吧。这就是我应当说的。责任，至少人们一直都知道它在哪儿。最令人讨厌的就是这一点了。非常简单。

好了。我们重新开始吧。我来到了台阶上。我仔细察看左边和右边。我走下台阶，我从地窖那边过来在花坛里仔细察看着。由于什么也没有很快便看完了。开始时我曾试图种点儿什么，我播种了一些凤仙花、飞燕草、美国石竹，一些我从来没见过的花儿，它们包装在小袋子里的花种诱惑了我。它们来了，我们不能说它们没有发芽，甚至也不能说它们没有开花，但它们的形态却显得很忧郁、很可怜。这些各种各样的小花，我不说它们干瘪但却没有样子，过于低矮，过于稀疏。根本不是它们印在小袋子照片上的那个样子。装花种的小袋子欺骗了我。此外灰尘也没有放过它们。我曾细致地给它们浇水，把它们清洗干净，它们引起了我的恻隐之心，但结果是，我没能继续下去。凤仙花，我记得。只有名字是具有诱感力的。它们长得极为难看。可能非得要大量地种植，让它们密密地挤在一起，好好地施肥，它们才会长得苗壮，才会长得茂盛，我不知道。因此花坛里什么也没有。我来到了地窖的斜坡上，地窖一直通向花园大栅栏门。我仔细地看了看，便转身向右朝着杂物间走去，走进了杂物间。说到这里，出于诚实我本应当说明杂物间里都有些什么，我都察看了些什么以及绕过了哪些地方。但我不想再耗费精力开列财产清单。我从前曾认真地、耐心地做过！在我其他的报告中。为了帮助自己集中注意力，同时希望这能开发我的下意识，帮我打开一些通向要点的思路。做梦。毫无用处。当人们的目标是灵魂的时候，物品便没有任何用处。刚开始时人们可能会认为它们会帮助我们稳定思绪，集中注意力，我再说一遍。废话。我坚持做下去，仔仔细细地描写，兴味盎然但情况依旧。在认识领域中我没能前进一步。我并不因此而知道为什么自己要做自己所做的事情，也不知道自己的目的是什么。然而我认为这就是最重要的。请注意在描写别的事物的同时，灵魂的状态如我所说，在分析欲望的时候，无法达到更好的状态。行动也一样，我也知道这一点，我也有这方面的经验。但越是，怎么说呢，越是高雅，就越是困难。我要说的是越合乎人性。总之，不列清单。时不时地，提一提某件物品，好的，同意，但只是为了高兴。也就是说放松放松，消遣消遣。此外，我想到，在描写我周围的一切物品的同时，环境已做好了一切准备，我只需将屁股放在中间并开始忏悔就行了。这没有用，我不想这样。

从杂物间出来以后我继续沿着墙边察看树

丛。也很丑陋。桃叶珊瑚黑乎乎的，落满了灰尘。我相信开始时也给它们浇过水。是的，我想起来了。真的，这不用怀疑。用特地买的喷嘴给它们喷水。现在喷嘴在杂物间里，还有水管。顶里头左边。

我来到了花园大栅栏门。这里我可要集中注意力。不要差不多。我还是跟着同样的流程来，我认为刚才中断了，注意力出现了分散。我得找到。我察看栗树是在这之前还是在这之后？大概是在之后。发生了什么事，想想看，对面的花园是否让我胡思乱想来着。我是不是朝着我们的房子正面抬起了头，是不是有人在窥视自己？我讨厌别人窥视。我越来越讨厌别人这样做。我憎恨。源于我意识到自己的怪癖加重了，我一直有被人嘲笑的感觉。怀疑有人在窥视便是这样的感觉，它简直让人崩溃，就像许多其他的感觉一样。我只剩下了无用和有害的感觉。用这种方式来聪明地或至少是潇洒地行事。我就要陷入癫狂，反复核实，同时怨恨自己了解到了这一点，还继续生活在别人的窥视之下。我能肯定他们在窥视我。我有一些证据，我将列举出来。我说被人窥视意思是指临床观察。他们知道我在走下坡路并互相谈论着此事。这是令人难以忍受的。但最难以忍受的，就是不能有所反应。受到嘲笑的感觉，自尊心，这些东西让人感到痛苦。我越来越频繁地对自己说没有自尊心就不会有痛苦了。我非常希望人们身上还有与自尊心毫无关系的、伟大的激情，但他们的激情想必是很少，得要掰着手指头来计算。伟大的激情！我倒是很想领略领略。它想必是动人的。只有喜欢的东西或要达到的目的才是重要的。

当时有人在窥视我。我不敢说自己想起了这一点。想必是有人在窥视我。玛丽从她正在打扫的某间卧室里窥视着我。当我抬起头来时我看见她把头从窗户里缩了回去。或者她待在那里就是为了嘲弄我？她待在那里，肯定是，这个坏蛋。她知道我讨厌这一点，她故意待在那里。我出其不意地对她说了一句我在学校时常说的蠢话，我对她说，我头上长角了吗？她回答了什么。我完完全全地回想起来了。她什么也没有回答。她耸了耸肩膀，这是更加蔑视的动作。她待在那里双肘支在窗户上。我还清楚地记得她的样子。多么放肆。多么厚颜无耻。这使我大吃一惊。这让我大吃一惊了吗？是的，我什么也没有再说，装作仔细察看栗树的样子，就好像在寻找鸟窝似的。至少这是说得过去的。有人说过栗树里有一个鸟窝。因此我试图找到这个鸟窝。有人说这是什么来着？我不知道。燕雀或乌鸫。于是我仔细地察看，仔细察看，我在树下转来转去。不是为了我的那张纸，而是为了那个鸟窝。我肯定没有看见它。我迅速地看了看玛丽是否还在窗户那里，但她已经不在那里了。她才不在乎呢，她继续收拾着房子，她侮辱了我，这对她来说已经足够了。卑鄙小人。不要保姆和女人。做自己微末的工作，搞自己热爱的研究，安静下来吧。

然后我做了什么。我的自尊心能允许我继续寻找那张纸吗？玛丽随时都会再次出现，并随时会侮辱我。我大概放弃了寻找并在栗树下坐了下来。这已经相当不寻常了，我的长裤可能脏透了，但我得考虑考虑，寻思一下我该怎么办。我可能用一片树叶擦了擦椅子。我是否就这样待了很长时间？因为现在，越来越经常地，我会坐在椅子上一动不动，任时间渐渐流逝。人们将这称之为心不在焉。错了。那些家伙存在，沉闷地存在，大量地存在。不要告诉我说，人在这种时候往往不知道自己在想什么。我们在想某件事情，想的总是同一件事情。人们会在事后再说出对这个事情的全部想法。不会错到哪里去，因为总是同一件事。我在这个时候想的是我的那张纸，只能是我的那张纸。它怎么会不见了以及我该怎么办。那么说玛丽肯定已经出门买东西去了。但需要确定。我不愿意老是重复，尽管这是极其令人愉

清楚地嗅到我那特殊的味儿？啪。就在我想开始深沉、认真的时候……把工作做好的方法？可能没有过多地去考虑。想想我没有考虑到这一点。幸好，不管怎样幸好并非只有我住在膳宿公寓里。如果我开始感到厌烦，我总是可以转向其他的人，转向其他土生土长在膳宿公寓里的人。我现在指望的就是他们了。而我原来甚至连提都不愿意提到他们。这真令人狼狈不堪。而这个保持自我的考虑，难道不是自命不凡吗！不管怎样我还是有抱负的。在这里是否有可能拥有一个诚实的抱负呢？我愿意相信是有可能的。此外如果没有，那就算了。让我们忘记抱负只想着诚实吧。再一次忘记。再一次地不诚实。从不诚实到愿意成为诚实。真是一团糟。

在我的另一种生活中，注意，我从来就只有一种生活，我的意思是指我其他的报告。我说过我是肮脏大王。这意思就是说一回事，看字里行间的意思。总之我确认我一时结束不了。人们能为一个确定负责吗？当然，唉。至少在常用的词义中是这样。我，我说人们不对任何事情负责。但是千万别要求我证实这一点。我不愿意在墙脚下度过我的一生。因为在那里的人，在墙脚下的那些人，是要被枪毙的。退后，你们那些肮脏的步枪。退后。有一些草地可以蹦跶，我跟别人有着同样的权利这样做。我想要有太阳的位置。眼下就在这个花园里，非常奇怪。

此外经过考虑，我不后悔谈论其他人。我愿意谈论他们。我不想假装在躲避他们，并且每回都说我突然想到了某个名字，对了还有一个名字。如果说我可以像个懒汉似的生活，那都是因为他们。他们付钱。就算我与加斯东一起为安排这一切费了不少劲，我不否认这一点，甚至这已经相当了不起。我们为此花费了很大的精力，我们花了许多的钱。我那时拥有的全部，他那时拥有的全部。但这对别人的行动不会有什么影响，因为他们来了。并且再说一遍，他们付钱。如果说我们可以填饱肚子的话，那多亏了他们。在这所房子里是不赊账的，会有例外但时间很短。我对他们负有责任因此我会说到他们。但别着急。要保持清醒的头脑。我的意思是要冷酷无情吗？我很愿意这样。当我感情用事的时候我真的无能为力。这意味着我爱他们吗？上帝，我不知道。有的时候。当我感到声门颤抖或眼皮渗水的时候我认为我是爱他们的。但一分钟后我就想吐或是打人了。这难道是爱吗？不管怎样我知道谈论这些使我感到厌烦。这不应当是爱。爱恋中的人毫不拘束地哇啦哇啦地谈论爱情和他们喜欢的东西。老实说，我不认为我曾经爱过。或者说就算我爱过可我并没有谈论过它。除非人们将无法亲热这类极度的痛苦混为一谈？比如当人们被遗弃时。是这样我有过这样的经历。但人们将此称为爱却把我搞糊涂了。这就像从眼睛里流出泪水或声门颤动发出声音一样。这让我倒胃口。但暂时就这么着吧既然我不想谈论它。我说暂时是因为我会同意谈论它，如果有机会的话。我不想沉迷于自私自利之中。我想做应该做的事情。但是我差不多可以说，本能地我尽量不会让机会出现。这是出于诚实或是我对此不大在行。

　　说到呕吐，我突然想到，呕吐的欲望使你淌口水，我并不想谈论的另一种欲望——大吃大喝也一样。微不足道但却古怪的事情，古怪，发展下去人们很快就会觉得它极其可怕。

　　因此我结束了对花园的搜寻或者说我正在结束并且来到了花园大栅栏门边。这里发生了什么事。即使我的回忆不那么确定，我肯定自己看过另一面，就是对面的房子和风信标。他让人给自己做了一个火车头形状的风信标因为他是从铁路上退休的，这也很古怪。可能也极其可怕，发展下去的话。我如果从某个地方退休会只求忘掉那个地方。可能就是因为这个使我感到不舒服，自从我知道为什么风信标是这种形状以后。肯定就是这个原因，我才对这个邻居不感兴趣。不管怎样，这是原因之一。只要一想到我们可能会相互交谈就让我淌口水。相互说些什么呢？马上我就会发现我们的性情不一样。并且即使我没有马上看到这一点，我也会时时刻刻想到那个风信标，我不会对他说什么心里话、真心话。注意。那么就在这儿停下来吧。瞧我胡思乱想的就是这些，我想象着我试图跟邻居说话，一边想着那个风信标，以及我们截然相反的性情，于是我无法对他感兴趣。我绞尽脑汁来想方设法忘掉风信标，略过它，可是我做不到，于是我觉得自己太自负了，我讨厌起自己来。性情，性情，还是这个问题，有些内在的优秀品质，坚韧、节俭、清廉，各种各样的。我没有任何理由，借口他和我的性情不一样，就否认他具有这些品质，就把他看作是一个坏蛋。那么同样，不否认他的这些品质，我怎么能够拒绝与他对话？这是极不公正的。此外性情是什么？想回忆或是忘掉他退休了？我并不是要不惜一切代价来引人发笑，以一种同样毫无意义的方式表现出来，这可能也是件毫无意义的事情？难道人们能够因为考虑到了这些而拒绝相互接触吗？简单地说就是张嘴而已。噢，是的人们可以！什么可以！瞧，这就让我无言以对。我想的就是这些，肯定就是这些。我还会说，由于不停地寻找跟他说话的方式，由于努力使自己忘掉他的性情，我偶然找到了窍门。偶然说起来很容易，我们每时每刻都在无意识地诱发着偶然。这是因为我们努力让它出现，因为我们在奋斗，因为我们将之记挂在心。我们本应该将它称之为奇迹，它以一种出乎意料的方式奖赏了我们所做的努力，本来我们想找的是帽子，可我们不期而遇了一个盖子，我们已经找烦了，于是我们便对自己说奇迹，我要找的正是这个盖子。提出这样一个庸俗乏味的解释使我感到烦恼。我有一个关于偶然和奇迹的理论，我曾经做过阐述，而我现在却想不起来了。我想不起来那时我对此是怎么看的。跟这差不多但更有说服力。我们在年青时具有的确信，现在仍然认为自己具有，可是当我们想用它的时候，却再也找不到窍门了。总之，奇迹也好偶然也好，当我朝稻草人抬起头的时候，那窍门却突然出现在我的面前。那位邻居正站在他家花园的大栅栏门口，而我则站在我们的花园大栅栏门口，于是我思索着怎样才会显得讨人喜欢，突然稻草人拉了我一把。我说您的稻草人很好看，您自己做的吗？邻居回答说是或不是，但交谈开始了，我克制住了自己的反感。我们亲切地交谈着，毫不拘束，我发现自己关于性情的看法完全是错误的，这个男人非常不错，我竟在这么长的时间内白白放过了一个好伙伴，一个倾诉的对象。

如果稻草人没有拉我一把呢？如果我没有做准备去抓住它，如果我继续在想办法呢？这个我得知道。首先，邻居是在他家的花园大栅栏门口？还是我靠近了墙？像这样，因为闲得无聊，从花园大栅栏门瞭过去看邻居是否在他的花园里？这是有区别的。我，偷看别人的家！因为闲得无聊我非常愿意但也是出于好奇。或是相反？我紧紧抓住自己，强迫自己冒险行事，除了找罪受一无所获？一个像我这样天性大概总是在奋斗的人，很难在事后知道为什么要做这样的事。奋斗的习惯使我混淆了自己的兴趣和责任。这或是以您对奋斗感到厌烦而告终，或是以您因感到厌烦而失去了兴趣而告终。而没有了最低限度的兴趣，就只有撤梯子了。我会搞清楚的，我会搞清楚的。总之我可能根本没有设法去跟他这个傻瓜说话。相反我可能在想方设法让自己相信、说服自己说这是不可能的。我在寻找除风信标以外的另一个证据，我在花园里偷看是为了逮住某个细节，某个令人厌恶的东西，比如说草地上的一座侏儒雕像。我找到它了吗？

头脑要清醒。这些假设都很相似，但它们

所指引的方向却不尽相同。可我必须要做这些假设，只有这样我才能重新找到我那时的思路，因为我对自己回想起来的事情有所怀疑。我本不该说我对此有所怀疑的。这容易造成混乱。应当假设最为真实的情况，但我感到困难就在这里。说到底，别人不能说我在玩，不能说我像过去那样堕落到了荒唐的地步。我一直都非常地理智，我并不冲动。是的困难就在这里。所有的提议都是合情合理的，从这个程度上来说。这是骨头。骨头到处都是而我还是应当抽身。极其恐怖。要是我能重新回到从前的状态就好了！那时我讲述自己生活的意识不那么强。经过思考，不。我不应该对此感到惋惜，因为即使是在那样的状况下，我也无法摆脱。瞧我在将自己从前的报告和现在这篇报告进行对比。它们没有任何共同之处。我不想谈论自己的生活，我想找到那张纸。

我那时在干什么。我想到了那个邻居，我在想办法。我想出办法了吗？一个侏儒或别的什么东西，一把难看的太阳伞，一堆石子，一个希腊花盆，我不知道。可我应当知道。我不应该被幻想愚弄，把自己的愿望当作现实。在这种情况下愿望是摆脱那位邻居。我有的是时间，一生。在这一点上我可以这样说。用一些坚实的基础来作为其中一个起点。如果我的报告与其他的报告相似的话，那就任它去吧。我知道它与其他的那些毫无共同之处，知道它是有形的、确定的、实用的，知道我在这儿寻找着那张纸。这是我做的一个很大的让步。一个巨大的让步。但不管怎样它纯粹是个形式。实质，我强调的是实质。如果它想甩掉我，请注意我已经准备再做一个让步，但我会找到接近实质的方法。我就是死也要找到它。幸亏我们还没到那一步。

让我想想。一个希腊花盆。一堆石子。我倚靠在花园大栅栏门上，我仔细观察着花园。右边是杏树和稻草人，左边是房子和他的风信标。不过我真傻。这仍然只是一个假设。我假设自己不想跟那位邻居说话。我应当回到我自己的、我们的花园，当我来到花园大栅栏门并开始胡思乱想的那个时候。难道我真的胡思乱想了吗？难道我没有从花园大栅栏门前走过，低着头继续寻找那张纸，然后抬起了头仅仅为了看看窗口的玛丽吗？至少应当承认这一点，她那时在窗口。如果意识先于一切的话，那么我重申我想迅速前进并且拒绝，这个词，我不希望这个词令人厌烦。我希望自己是个好伙伴。设身处地站在那些处于我这种状况的人的立场上，我知道从来没有遇到合适的伙伴是什么感觉。诚实的好伙伴。难道不正是陪伴这类

34

事情让人讨厌吗？我不应当向自己提这个问题，它会把一切都搞糟的。我应当紧紧抓住，紧紧把握"伙伴"这个还可以的思路。即使我不是真的这么认为，即使要强迫自己。我没有理由过于害怕而松手。我习惯了强迫自己。

然后玛丽下来了，她对我说破玩意儿，而我则待在椅子上。我那时就处于这种状况。也许就是在这里我遇到了障碍。在"破玩意儿"这个词上。我回顾了一遍我的生活，我重新整理了我的手提箱。我再次说服了自己，然后我饿了我就去了厨房。但我认为我那时并没有坐在椅子上。我记不起那个动作，从椅子上站起来去厨房。坐在椅子上也是一个假设。我说了什么，我们来看看吧。说我那时坐在椅子上为了欺骗玛丽？是的大概是这样的。但我欺骗她是因为我假定她那时下楼了，以便不让她看见我正在找东西。难道不是这样？因此这也是一个假设，我不能肯定她下楼了，如果是的我便对自己说这只可能是玛丽，而实际上可能是另一个人，谁不是习惯性羞辱我呢？我说了什么？我是否应当回想我说过的一切？这是不可能的。现在，报告还刚刚开始，我就完全意识到这是不可能的。这类事情是不要求回忆的，这是一类怎么说呢？活跃的、颤动着的、有血有肉的东西，我无法从物质上回想起我当时说了些什么，我已经想不起来我昨天做过的事了。难道这一切都发生在昨天吗，归根结底？昨天或是今天上午？我想不起来了。发生过了，这就足够了。没有关于时间的演说。但是这样的话我说到哪里了呢？他妈的去他妈的。

我们不要激动，不要失去理智。再说一遍。我是一个诚实的小伙子，有点儿憨傻，智力平平。我说过，十年前我和加斯东创立了这所家庭式膳宿公寓。多亏了那些付钱的寄膳宿房客我们才能一直吃上饭。我业余爱好植物学。我时不时就自己的生活做个报告以便从中摆脱出来，为了能够独立思考。我现在正在做的事情有点儿不同，尽管差别不大。我说我正在寻找一张编著植物学所需要的纸，可我害怕因此而要谈论我的生活，但如果有机会的话我是会谈的，特别是我周围的人们。这很简单，不是吗？这靠得住吗？是的。唯一给我带来麻烦的事情就是准确。因此而将小事弄成大山！但是大山自己形成了，我发现它是自己形成的，因为我面前突然有了一座大山。上帝呵这没有太大的关系，让我们绕过大山然后继续吧。此外这可能不是一座大山，我看不清楚，我贴近了它。仅仅是一座小丘陵，一个小土包，仅此而已。我是多么神经质呵！让我们冷静下来。一个诚实的小伙子，智力平平。是智力建造了大山，而不是诚实。难道有人谈论过智力出众的诚实人吗？来吧，来吧。平静地重新开始吧。

我八点钟起了床，套上了室内便袍，下楼来到食堂喝茶。一件可以让人消遣的家具。比如碗柜。这是一个丑陋的碗柜。我们在拍卖行找到的。我们没法给自己买别的，于是为了自我安慰对自己说它很奇特，很别出心裁。它有两个橱身，跟所有的碗柜都一个样。面板上雕了花。面板上部分是一个长毛垂耳的西班牙猎犬头框在一个椭圆形里。下部分是陈列的战利品和蔬菜。一些山鹬，一些萝卜，一些芜菁。周围，沿着铰链，有一个双面螺旋形流苏，带有两三个呈锯齿状的线脚或是别的什么东西，眼下这东西不在我眼前。在上部分，三角楣的中间，一个类似雨伞的东西和一层波浪一直涌到四个角，四个角的顶上放着一些骨灰瓮或是我年轻时常玩的筹码盒。就这样。在两个橱身之间的抽屉里，右边装有餐具，左边是我们宾客的餐巾。那股难闻的气味，简直令人难以置信。这些餐巾并不是用来掩藏腐尸堆的地方，怎么会发出这样的臭味儿来呢，这真耐人寻味。大概到处都一样。在所有贫困的家庭里，我的意思是。在这样的家庭里并不是每天都更换餐巾。当我在餐桌前坐下时面对的是碗柜。

总之我喝了茶然后上了楼。我穿好了衣服然后坐在桌前。我是在晚上梳洗。要从厨房用有柄平底锅把热水端上来，要紧紧抓着盥洗盆在里面洗脚和其余的部分，这让人精疲力竭。我不想在早上再来一遍。并且即使我想，厨房里也不会有水。总之我坐在了桌前，看了看写过的东西，划掉，又重新写。然后我便寻找那张纸，我下楼来到了花园，我们别回过头再讲这些了吧。我在花园里转了一圈，什么也没找到。我被什么事给打断了。如果不是我想到了邻居又不是玛丽的话，那便不像是与这些有关的事，那就是别的事。让我们接着在花园里转悠吧，把我没有转到的地方全转过然后再看吧。我经过了花园大栅栏门，我一直走到客厅的窗户下，十来米。我说的是大杂屋，我们把客厅称为大杂屋。除了这里大家不知该去哪儿，不是玩文字游戏，也不知道把那些用来消遣或消磨时间的东西放到哪里。细节以后会有的。我来到大杂屋的窗户下，这是台阶左边唯一的窗户。右边是食堂的窗户。我转完了圈，什么也没有找到，我又要抬头，我抬起了头。好了。这一次我想起来了。我看见了栗树下的椅子，我是在这个时候才看见它的。我本该早就看见它的。我寻思它怎么会在那儿，大家从不把它拿出来的，这不是勒贝尔小姐的那把椅子。勒贝尔小姐。是的，我不回避这个。她是唯一夏天在花园里待的人。但她有她自己的红漆藤条椅，而不是那种难看的小绿椅，她的椅子被照料得很好。勒贝尔小姐一看到上面有灰尘就会生气。一般到了晚上有人便把它搬回杂物间但有时有人也会忘记。有人，我也应当讲一讲是谁。是丰丰。一个傻小子，我们把他收留下来干一些零活。这些零活他只能干一半，但我们还是把他留了下来。我们不能把他退回细木工场，我们是在他母亲的请求下，才把他从那里接来的。她害怕他会割了自己的手指头或是砸了自己的脚或头或是一下子连头带脚全都砸了。我很喜欢这个丰丰。这是个绰号，括弧。他名叫丰丹·吉尔。多少细节！我希望等一会儿不至于把我搞糊涂。是的我很喜欢他，他有讨人喜欢的地方。一双傻瓜特有的温顺的眼睛，一张下唇突出的嘴，淡黄的头发，又光滑又长。就是他搬进和拿出勒贝尔小姐的椅子并照看它，擦拭它。偶尔夜里椅子被遗忘时，勒贝尔小姐知道该骂谁。这很方便。在膳宿公寓每人都有自己的职责，完全应当各司其职以简便生活。此外他并不完全傻，他会说话，会拒绝，有时说些好笑的事情但他毕竟是傻子。大约是十五岁的人七岁的智力。我甚至不知道他到底几岁。加斯东也不知道没有人知道，但我们对此并不担心。要想知道这一点随时都可以去问他的母亲。不过知道这干什么呢？我们又不要为他这个可怜的家伙去办什么诸如护照之类的东西。他甚至可能没有证件，我想到这一点。傻子有证件吗？他母亲大概有点什么东西。当然我们并未将他作为工人申报，我们收留了他，句号，完了。但我们在这方面大概也疏忽了。要是遇到灾祸、事故、火灾，我不知道。何况麻烦事我管不着。让加斯东去操这个心吧。有机会我要跟他谈一谈这个问题。

是的，我看到了椅子并且我寻思它怎么会在那里，这些我完全想起来了。是不是丰丰搞错了椅子？肯定不是。他太怕勒贝尔小姐的耳光了。因为每当他对此没有注意时她就扇他的耳光。她说对待傻子只有用这种方法。她肯定是对的。当人们打狗或猫的嘴巴时它就会想起什么是它不应该做的。

我走近这把椅子，用一张纸把它擦了擦然后坐了下来。可能我既没有想玛丽也没有想那张纸。呆愣在了椅子上。我已经找烦了，我才不在乎玛丽是不是在窥视我还是要下楼，没有任何理由要去想那位邻居，我任凭自己沉落下去。我经常会这样。我奋斗，同意，我习惯于奋斗，真的。但常常，应当承认这一点，我察觉自己任凭自己消沉下去而毫无反应。我含含糊糊地对自己说，我整理手提箱，但我清楚地知道恰恰相反，我把它搞乱了。我对自己没有信心了。这种情况过后，我浑身没有一点儿劲儿，也不想吃饭。真正缺的是这些。从这个意义上来说，这开始有点儿像手提箱，当我们环顾一圈立马发现在走下坡路而不是向上。我们在想什么？一直在想自己的生活。但我们不再尝试矫正它。至少我不会。我将自己缺乏的东西一一列举，而不是搬动什么来堵塞缺口，就任由它去吧，我甚至把缺口弄大。我所缺乏的一切，上帝。以及我即将缺乏的一切，甚至可能是对植物学的兴趣。我要死死抓住什么？加斯东？寄膳宿房客？他们抵抗不了多久，他们已经半朽了。这一点也应该好好说说。大家就这样在贫困中过一天算一天，只有卑劣的思考、发臭的毛巾、油迹和霉斑，这是有后患的。心都萎缩了，久而久之。

　　我感到马上就要筋疲力尽了，因此我停了下来。我坐在椅子上想着自己的生活。我是怎么想的就不说了吧。此外，我提醒自己注意这不过是一个假设而已。我可能并没有神情恍惚。我坐着是因为我脚疼需要坐一坐。而一旦坐下来，我便很自然地寻思这把椅子怎么会在这儿。这是可能的。一切都是可能的。人们因遗忘而要付出的代价是沉重而又沉重的。为没有的东西付出代价。我自从了解自己以来就一直在干着这种事。有什么东西在自行凿沉，不用字斟句酌。船是漂亮的。可是谁把这些图像塞进我们脑袋里的？是我们在办公室里见过的那些人吗？是读物吗？可能是读物。如果我要重新开始生活，就像人们说的那样，我会把所有的读物都拿来擦屁股。我好像在一篇报告中说过，我要让人枪毙所有被我当场捉住正在读书的那些人。这是空想，不是认真的，但它清楚地说明了其含意。总之，尽管这些以前的草稿没有任何用处，但我发现我在用它们做参考。因此是我没有看到它们真正的作用。应当谦虚，再谦虚。有时也要承认那些没有任何用处的东西也有点儿作用。我的意思是承认这种可能性。我一直在进行假设。我还在假设吗？我需要知道那张纸在哪里。我总会回到这个问题上的。

反正我坐在椅子上休息。我无法知道这把椅子为什么会在那里。我大概没有对此思考很久。就算一直想到十点差二十吧。在这个时候不可能不提玛丽，她肯定下了楼，这是买东西的时候了。同样她也不可能没有问我坐在椅子上干什么。如果我用一种咄咄逼人的语气回答，我们知道接之而来的会是什么。如果没有，我们也知道后面会发生什么事情。也就是

42

说没有。如果我的语气并不咄咄逼人，我一直坐在椅子上，但坐了多长时间？如果是咄咄逼人的，鉴于我在破玩意儿之后必须努力浮上水面，那么不容置疑我会去厨房。我选择厨房。

还有一件事情。我就这样写下了这些，就像说话一样，就像出汗一样。当我说我记不起来我曾说过什么，那是真的，但我可能笔头说过。如果我愿意我可以再读一遍，但我对此不感兴趣。我不在乎自相矛盾。说过的事情从来就没说过，因为人们可以另说一套。

在我处于这种状态时还有一件事，我不知道为什么我现在会想到这一点。我一点儿也不反对淫乱。它让很多人满意，他们运气好。我不行。它带给我的是沮丧，尤其是会让我不知所措。我只有在躺下的时候，这方面的想象力才充分活跃，并且有可能重返我所谓的快活之路。然而我需要保持清醒的头脑来重新找到那张纸。应当尽可能地站着。或坐着，当然。

我去厨房吃了点东西。那里没有一个人，女厨师休假去了。现在是七月。大部分的寄膳宿房客也都度假去了。一般他们都回侄女家稍稍补补身体，然后到九月份又要按我们的食谱用餐。但是即便是我们这里的伙食更好一些，他们也还是会去度假的，因为这会让他们换换想法，他们说。我不能说他们带回来了新想法

43

不过这是他们的事。总之我打开橱柜拿一块面包和一块奶酪。我打开橱柜拿起面包切下一片，在橱柜中间靠右边的搁板上寻找着奶酪。我想起来了。已经没有奶酪了。加斯东昨天晚上告诉玛丽不要忘了奶酪，她可能加在采购单上了。我在厨房里还找了别的东西吗？芥末？为了涂在面包片上。西红柿？不是。我去了食堂，早餐的餐具还没有撤走。我走进食堂。窗户大开着。七月里那令人讨厌的阳光。到处都是苍蝇，奶油上面，果酱上面，油布上面。隔壁饭厅的油烟味已经飘过来了。我拿了果酱，把它涂在面包上。是带有柠檬或覆盆子香味的苹果冻。颜色更像覆盆子。苏诺夫人真的在里面放了覆盆子吗？苏诺夫人是厨师。某种香精？总之是不贵的。苹果冻最划算。邻居们允许我们在秋季拾捡他们苹果树下所有不能吃了的东西，于是我们全年都吃这种果冻。苏诺夫人有一些非常大和一些非常小的坛子。如果开了一个大坛子就要先把它吃完，然后再开另一坛。这样有些时候柠檬或覆盆子就留着，留着，大家很想换一换可是没有用。我拿了果酱。柠檬的？是的，现在是柠檬。丰丰不正是要求换一换吗？今天早上？不对，是昨天。谁回答他说不行来着？是玛丽。她正好在这时走了进来，她打断了我的话。我正要说几句不那么生硬的，那种你知道这是不行的，再耐心等一星期之类的话，她说没有用，丰丰就闭上了嘴巴。那些生活从来不拮据、不需时时刻刻都要算计着过日子的人们，体会不到这种可怕的感觉。一丁点微不足道的小小愿望都是奢侈，应当粉碎。我们在粉碎愿望中度过时光。我们俯首帖耳，平静如水是不足为奇的。只要看一看我们寄膳宿房客的嘴脸就知道了。他们面色很好，很自信，大腹便便或者胸部肥大，就像黄盖鲽一样扁平。我的意思是精神上的。我有时寻思是否有什么探测精神的仪器。随着技术的精进是应该有的。查看容量计或刻度盘或照片就会很可悲了。在我们这种情况下。所有被粉碎了的愿望，所有被扼杀在摇篮里的憧憬。而希望就像一个非常结实的小果核，像口香糖一样。

　　或者是我告诉玛丽不要忘了奶酪？为了掩饰我的窘态，为了防止破玩意儿这个词。不可能想得起来了。必须想。我当时正在寻找，我大概在花园大栅栏门附近。我听见玛丽下楼的声音，我对自己说，我们掩饰一下窘态吧。她来到了台阶上。我抬起头说别忘了奶酪，蓝纹奶酪和格律耶尔奶酪。可能是这样的。蓝纹奶酪和格律耶尔奶酪。没必要买蓝纹奶酪，她说，官泰夫人不在，而您又不吃，加斯东先生也不吃。我说并不是只有官泰夫人才吃，还有勒贝尔小姐。回答，噢，这个回答。没有人喜欢勒贝尔小姐，她惯于发号施令怪癖成堆，让所有人厌烦。玛丽对我回答了这些吗？不管怎样我可能说过不管怎样都买些来吧。她一步步走下台阶，她从我身边走过，为了报复她又说，您还在找什么。她说了这个吗？我好像不能逃避这个问题。除非我那时不在她身边？可能还在杂物间附近？不管怎样买些来吧。噢，这个回答。她走过了花园大栅栏门，她逃走了。是这样。她什么也没再说，她逃走了。我在杂物间附近，刚刚搜寻过杂物间，我在那儿待的时间比我刚才说的要长。玛丽走后我继续在花园里搜寻。换句话说我不需要去厨房。

我们重新来。我沿着墙走过去察看树丛。那不是树丛而是将我们与邻居里瓦尔一家隔离开来的那堵墙前面的篱笆。他们的别墅就在墙的后面，我在卧室里可以一直看到底层的游廊，蓝黄相间的玻璃。我根本不认识里瓦尔他们一家，我从未有过要去了解他们是谁的念头。我甚至不知道为什么寄膳宿房客们从不谈论他们。他们是不是一年中只有部分时间待在这里？他们是不是双腿残缺？他们是不是已经死了好几年了？如果为了那张纸我必须知道这些，那就看看吧。那么沿着篱笆走。然后是花园大栅栏门。我可能瞟了一眼大街，看看是否还能看见走远了的玛丽。毫无理由。或是仔细看了看街道，看看那张纸是否在那里？显然我是看了。我甚至走出了花园，但我没有走出太远。这一点我能肯定。我不想让邻居知道我总是在找什么东西。这一点我还没有讲。如果不是一张纸就是别的什么东西。我已经被玛丽和某些寄膳宿房客羞辱得够多的了，不会再让邻居们取笑了。一天到晚都在找东西！我曾试图改过自新，在做所有事时集中精力，结果是零。我可能做得不好。甚至不如说这会使我丧失我年轻时仅有的一点儿记忆力。

我仔细察看了街道，我肯定朝对面的房子抬起了头。我是否一直走到了花园大栅栏门？我不这样认为，归根结底。风信标和稻草人是另一天的事。我没有想象我设法跟邻居讲话的情景，那是另一天的事。或者可能是以后，在回到了我们自己的花园里以后？我们自己的花园！别人看到它会对我嗤之以鼻的。还有那株栗树。刚开始时，它还是完整的，只是到后来他们接长了电线。应该说不管截不截断栗树，我们都会在这儿安家的，因为小破屋的价格。多难干的活儿，上帝呵！得更换中央供暖的锅炉，重新安装各处的接头，整个管道系统都已开始漏水，一块块的地板在亚麻油毡下腐烂，

47

要更换亚麻油毡，要重新刷油漆，我总是对加斯东说，你想我们还年轻。加斯东可能说了一个词。他是我在学校时的老朋友。十年后我们在希朗西温泉开放期间，偶然再次相逢。我是路过那儿，而他则是在那儿进行肠胃温泉治疗。我们是一个晚上在公园里相遇的，我那时已略带醉意，而他还处在腹泻之中。一下子我们又像亲兄弟一样，并且几乎是立刻我们就将自己的积蓄一起拿出来实施他的膳宿公寓计划。总之每当我想到这些，我就想到我们两人的生存关系是建立在屎的基础上的。这一点我不能回避。简直是傻瓜，平庸之辈。要知道我那时没有任何计划。我勉强维持生活，我感到厌烦，我想这是个办法。就这样。可怜的加斯东。他那时想他要发财了，我来协助他，给他出出主意，把把关。开始我没有说，房屋维修时我能做的我都好好地做了，但后来……特别是他从未摆脱过肠道毛病的烦扰。他又去做了温泉治疗但毫无用处。从前我常拿这个开玩笑，我对他说你再去做温泉治疗吧，但是切记不要告诉任何人。但愿他不要再给我们带回来一个怪家伙和一些新的计划。那可就糟了。

我回到了花园，我继续溜达。我来到大杂屋的窗户底下。大概就是在这个时候我抬起头去看栗树。不是为了看鸟窝，而是为了找我的那张纸。可能挂在某个树枝上了，这是很难说的。或者丰丰在栗树上？我不准他爬树，他可能会弄疼自己，但我是白费口舌。难道丰丰在栗树上？难道是趁我到街上去的时候他爬到了树上？让我想想。我在街上。我听到什么了吗？没有。为什么。因为我只想着我的那张纸。那么会不会我想到了邻居，但我对自己说这一次我们别想他了，我们把心思集中到那张纸上吧？我不可能没有抬头看风信标，不可能不对自己说这个可笑的邻居，不可能没有看见那个稻草人，不可能不对自己说那句话。好了够了。说了两次这个可笑的邻居。但令我惊奇的是我竟然没有对自己说别的事情。对他说话要么有危险要么没有。可能是相反。不是为了折磨自己，只是为了问问他是否看见了一张纸飘过。就这样，不经意地。在这种情况下，我可能还在街上，我可能靠近了他的花园大栅栏门。我靠近了。我看了一眼花园。邻居不在那里。我没有设法喊他吗？没有。我大概对自己说，有机会我要问问他看没看见一张纸飘过。有机会？不可能。我应当立刻就知道的。我可能对自己说过，如果在我们这里什么也没有找到的话，我就再来看看邻居是否在他的花园里，另外这个笨蛋和他的风信标及稻草人在一起，他肯定什么也没看见，他盯着他喜欢的东西，他害怕的东西，一张纸不关他的痛痒。但是如果相反看着一张纸在他的领地飞来飞去他无法容忍呢？如果他正好捡到了我的那张纸，并且把它扔进了他那丑陋的树干形的垃圾箱里呢？一个树干形的垃圾箱！逼真的。不如说是一个树墩，用水泥制作的，带有树皮的裂纹和树木的结疤。他在他的领地看见了这张纸，他俯下身，把它放进了他的垃圾箱。我那时想的是这些。我看见他正在扔我的那张纸。我应当与他谈谈。当我在我们的花园里转悠完以后。我又回到他的花园大栅门那儿跟他说起话来。话题先从晴朗的天气、太阳、小鸟谈起。小鸟太多了。我明白您为什么扎稻草人。您自己扎的吗？这就是了，是这样。除非是小鸟把我的那张纸衔走了？白痴。

我回到了我们的家，继续搜寻着，我来到了大杂屋的窗户下面。我抬起头看栗树。丰丰在栗树上吗，是不是？他妈的。注意。我不知道。尽管我不准他爬树可他还是一天到晚在那里。应当知道这一点。

写下这些要承受多么大的痛苦呵！再次回到那个令人作呕的上午，回到所有那些令人作呕的上午，还有下午，还有晚上以及剩下的时间。但我没有别的办法。我什么也没有做，这必须承认。没有那张纸我不能继续工作，我得承认这一点。请理解我，请设身处地替我想一想。我在寻思是否有某个人愿意。某人。

丰丰那时不在栗树上。我抬起头去找那张纸，一边对自己说这没有用，但我们还是看一看吧。于是我可能一边看一边想着丰丰大概不久之前上过树，就在我下楼到花园来之前，他看见我的那张纸卡在两片树叶之间，他把它拿了下来然后把它扔了。或者他没有去拿它？在这种情况下我应该看一看那里，现在吗？什么也没有。在栗树上我什么也没有看见。但对丰丰的这个想象给了我一个思路。让我们平静地从头开始吧。

我八点钟起床，是被玛丽叫醒的。她在我的门上敲了三下。如果我不哼哼一声的话，她会一直敲到我出声哼哼的。早晨不可能讲话。即使一声"是"我也不愿说。特别是"是"。我起了床，穿上了室内便袍。一件很旧的室内便袍，总是这一件，栗色的呢绒领子黄色的袖口。腰带我弄丢了。但愿我不用去找它。也不是不可能我在下楼喝茶以前朝窗外看了一眼。不是为了看看有什么东西，而是因为我听见了丰丰在低声唱歌。一般当他要做蠢事时他就会低声唱歌。大概是这样的。我朝窗外看了一眼，看见他朝杂物间走去。我问过他在做什么吗？没有。我等着他把勒贝尔小姐的围椅搬出来。他把它搬出来了。我还在等着。我在这里说的这些是很难回想起来的，因为每天都是这样的。不应当把它们搞混。他回到杂物间，我对自己说，他在等着我走开好去爬栗树。但可能他并没打算这么做。不管怎样他没有马上出来而我下了楼。我在走廊或楼梯上遇到什么人了吗？现在膳宿公寓里只剩下加斯东、我和勒贝尔小姐和阿波丝多罗夫人。勒贝尔小姐跟我们一起过夏天，照往年那样在九月份去她的侄女家，阿尔萨斯。她回来后总是给我们讲述同样的事情，鹳、腌酸菜和初领圣体的故事。她读书时的一个女友的孙女在春天初领圣体，或是她的侄孙腻烦红肠，或是那些鹳没有回到某个地方。没有人对这些事情感兴趣，但这打发了晚上的时光，就像所有其他人讲述的他们在假期里遇到的事情一样。可能就是为了有什么事情可讲他们才特地出门的？他们还不如不出去呢。但这会使他们饱受煎熬。我就任他们说去，很久以来我就没有听他们说了，我把他们的侄女全都弄混了，他们为此已把我责怪得够多的了。我是否遇到了勒贝尔小姐？她总是在这个时候下楼喝咖啡，然后又上楼回到她的房间一直待到十点。如果我遇见了她，那她就只可能是下楼，并且我们一起下了楼。如果我遇见了阿波丝多罗夫人，那她就只可能是从厕所回来或是去厕所。厕所在走廊的另一头。她每时每刻、整晚都要上厕所，冲厕所的声音妨碍了一些人睡觉。她拒绝使用便盆，真令人厌烦。我什么也听不见，我住在三楼。我不知道她去厕所是为了妨碍别人，还是因为她需要或是她认为她需要上厕所。不管怎样大家知道的就是她偷拿擦屁股纸。人们不知道她拿去作什么用。当她从厕所回来时她的便袍口袋里总是有一卷纸。对加斯东来说，告诉她别这样做是件非常为难的事。或者他对她说过，可她照做不误。她是一个古怪的老太太，阿波丝多罗夫人。她一直是难民，我们已经搞不清她到底是哪次战争还是哪场灾难的逃亡者。我们的第三位寄膳宿房客，我想。或是第四位。或是第二位？我记不起来了。她还显出一种自以为高雅的神态尽管她显然已经不名一文。她大概自己染头发。染成红色。她还把自己的嘴唇涂成紫色。或相反。如此显眼如此丑陋让人看了眼睛疼。夏季，穿着带花卉图案的短袖连衣裙，露出她那松弛白皙的难看双臂。但尤为惨不忍睹的是那双腿。上面布满了青筋，每条腿上都像摆着一盘真正的通心粉。她有风湿病，总是拖着腿，有的时候她甚至爬不上楼梯。在她的卧室里有一只金丝雀，她用粗面粉喂它。她说膳宿公寓的气氛断绝了它鸣唱的念头，但这应当是粗面粉造成的。是的我遇到的是阿波丝多罗。她从厕所回来。我大概对她说了你好。她是回来还是去呢？如果是去我就不需要对她说你好，假定她已经走过了楼梯间。我希望不用画图大家也能明白。楼梯是在走廊中间而我到了第二层。她从那里回来，肯定，并且她已经走过了楼梯间。我看见她的背影，我没有看见她那鼓胀的衣袋，我大概对自己说了我们又消耗了半卷纸。我什么也没有问她，因为我那时还不知道我的那张纸丢了。好，我下楼到了食堂。我和勒贝尔在食堂里，我们一起就餐。她戴着小巧的金丝眼镜，白发盘成发髻，穿着一件灰色的连衣裙。一双大家说是靴子的皮鞋，我想。大脚趾处的变形不如阿波丝多罗夫人的那么厉害。这种变形让我倒胃口。我试着不去想它，可我看到的总是这个变形部分。现在勒贝尔小姐的双脚在餐桌下面，她在喝着她的牛奶咖啡。她对我说，她今年可能不去她侄女家了。对，可能就是在这个时候她当天第一次对我说起这个事。然后她再次对我提起这事，但我想着那张纸，于是我将此与阿波丝多罗夫人对我说过的有关她侄女的事情搞混了。但这并不重要。在我继续工作以前所发生的一切事情都不重要，我谈到它们是为了确定时间。为了回想起有关丰丰的什么事情。就是这样。当勒贝尔小姐啰嗦的时候，我看着窗外，我看见丰丰从杂物间出来，但他没有向栗树走去。我大概对自己说他还在做假动作。然后我又上楼去穿衣服。在楼梯上我是否碰到了玛丽？碰到了。那个时候我大概已经对她说过不要忘了奶酪，并且不久以后在花园里，我又重复了一遍。对她什么事情都要重复三四次。

我回到了自己的卧室，它在三楼，我再说一遍。还有加斯东的卧室和女仆们共用的卧室以及一个非常小的房间，不如说是一个壁凹，放着丰丰的床。房间不怎么样床却非常好。他在床的上方钉了一幅《圣心》的复制品和一张从画刊上剪下来的白脸山雀的照片。我自己的卧室也不大但有水，进门的左手边有一个盥洗盆，还有衣柜，还有窗户。右边是桌子和床。我穿好衣服然后开始工作。我立刻就发现那张纸不见了。我先是在所有的家具下面找了个遍，然后我察看了窗外，我对自己说那张纸可能被风吹走了。是否就在那个时候我看见丰丰在栗树上？对了，这一次我想起来了。我没有看见他。我下了楼，搜寻了花园然后我又上了楼，上了楼以后我又从窗户往外看，我感到奇怪丰丰竟然等了这么久，而事实上我看见他在爬树。他不会想到我还在监视他。为免喊他下来而把他吓着了使他摔下来，我又下楼去了。我准备用一种温柔而又坚决的声调，让他明白他必须下来。我甚至可能找好了借口，这样与他打交道最为有效。我要对他说去数一数酒窖里还剩下几瓶酒。他喜欢别人给他指派点儿什么活。来到栗树下时，丰丰已经不在那儿了。他大概是听见我又下楼了。听见我跟阿波丝多罗或跟勒贝尔小姐说话？不，我急着返回花园。这一次我喊了他，他只可能是在杂物间里。他没有回答，我走过去看，他不在那里。我一直走到花园大栅栏门，我察看了街上，他也不在那里。不过他经常不见，没有什么可惊慌不安的。

我刚刚把这一切全都回想起来了，这很好，但这就是说我去了两次花园，这真够烦人的。第一次，就算我做了我说过的那些事，然后玛丽出门去菜市场了。现在是第二次。我看了看街上，如果我看见了丰丰，那么我就只能是在这个时候才胡乱想到了风信标、稻草人和其他事情。我觉得这个可能性更大一些。那张纸我在花园里没有找到，从某种意义上说我的思想更加无拘无束，于是我胡思乱想起来。然后我又上了楼。就在上楼的时候，我碰见了从厕所回来的阿波丝多罗夫人。这些变得越来越清楚了。我对她说了你好，我看见她的衣袋塞得满满的，于是我联想到我自己的那张纸，我问她看见那张纸没有。她问我是一张什么样的纸。我说上面写了有关植物方面的资料，一张白色的小纸片，可能只有一整张纸的八分之一大。她什么也没看见但我觉得她回答我时的神色很怪。对自己的感觉我应当持怀疑态度，我总是这样对自己说，如果我太过分事情就会变得严重起来，到最后我会怀疑所有的人，会胡思乱想而这是我不愿意的。但很难打消这个感觉。人们会情不自禁地生起气来，小题大做，激动万分然后完全不能入睡。当我出现这种情况的时候，我的意思是无法入睡时，我就反复说我是一个诚实的小伙子，智力平平。这是我数羊的方式。一般来说，这能让我平静下来。但到了再也不能让我平静下来的那一天呢？我很担心，我还在担心。镇静，镇静。

除非我不是和勒贝尔小姐一起喝的茶，除非是在第二次上楼时才在楼梯上碰见她的？这是可能的，她总是在食堂里磨磨蹭蹭的，我想她是为了多吃一片面包，她对那些吃得过多的人总是要提意见，她躲着别人只是为了多吃一点。我不认为我看见她两次，先在食堂然后在楼梯上。我大概是在那个时候看见她的，我对她说你好，然后下意识地问她看没看见我的那张纸。一点点植物方面的资料，在一张只有八分之一大的纸片上。她对我说没有，但却神情异样，她的神情在说，我可怜的朋友您总是老样子。我也不喜欢这样。为了改换话题，她可能对我说了丰丰没有把她的椅子拿出来。我刚刚看见他把它拿出来了。她对我说您自己去看看。我又走下几级阶梯，透过敞开的门朝花园望去，我看见那张红颜色的椅子不在那里。我肯定从卧室里看见丰丰把红椅子拿出来了。难道他把它拿出来又放回去了不成？勒贝尔小姐对我说不给我添麻烦，她自己拿好了但他要挨耳光的，请相信这一点。我肯定对她说过不要老打他耳光，而她则肯定告诉我说对待白痴这是唯一的办法。

我寻思这样详细地讲述一切对不对。是的，我是对的。但这样会变得乏味。然而我应当找到那张纸。我已经问过自己是否真的下了两次楼。我应该对那些过于容易回想起来的事情持怀疑态度。最好是重来。平静地。非常平静地。就好像我在讲述别的事情或者最好在讲述别的什么人，为了不惹怒自己。让我们放松一些吧。

我八点钟起了床，被玛丽叫醒的。我穿上了室内便袍，下楼到食堂喝茶。我大概碰见了阿波丝多罗，但是不能肯定，我大概和勒贝尔一起喝了茶，但是不能肯定。这太容易了。应当确认，应当负起责任来。保持头脑清醒。我坐在自己的位置上。我拿起茶壶，给自己倒了一杯茶。我加了糖和牛奶。我搅动了一下。我等了一会儿，等它不那么烫了。我朝窗外望去。可恶的阳光，里瓦尔家的墙，被截去一段的栗树，杂物间。事实上从我的位置只能看见栗树和一截墙面，剩下的是我下意识的想象。想象自动将画面补充完整。在火炉般的空气中有几只燕子在盘旋，我听见了它们的声音。在我这个年龄它们仍然刺扎着我的心，我没有夸张。我觉得它们在快乐地鸣叫着而我从未感受过这种快乐。我孤孤单单的，在夏天我要关上所有的窗户。我感到气闷但至少我知道为什么会气闷。我还闻到了烧焦的肉油味道，我说过这股味道令我恶心，您不愿意我关上窗户吗？显然愿意，有个人当时和我在一起。只可能是勒贝尔，阿波丝多罗夫人下来得要晚一些。或是加斯东？还是玛丽？可能是玛丽，非常简单。她摆好了餐具或是拿来了咖啡、牛奶，各种吃的。还有盘子里那块已经融化的奶油，它让我感到恶心。我们很想要个冰箱但是……加斯东更想花钱先买台洗衣机。有机会我会再回到这个话题。很简单是玛丽。您不想让我关上窗户吗？她回答我说，天这么热，您简直无法想象，开着它可以与厨房有一点风对流，否则会把人闷死的。那股令人作呕的肉油焦糊味

59

儿。照我自己的意思我会说一切都令人作呕。这所寒酸的膳宿公寓，这些忧虑，这些谈话，假期出游又返回。但这可能是我的看法，因为他们并不像这样地受煎熬。例如假期他们会说他们很高兴。如果不提前的话，一月份他们就开始谈论假期。如果他们变换了度假的地方，我能理解，但是他们这一辈子就只去侄女家这真令人作呕，不是吗？看上去不是。还有苏诺夫人她刚刚告诉我说她要去她侄女家，就好像我不知道似的，还说她要给她带一件小礼物，然后她把礼物拿出来给我看，微笑着，显得那样地满足。就跟去年一模一样。可怜的苏诺夫人。她是个寡妇。有个女儿在什么地方，但她从来不提起她，据加斯东说是在街上拉客。晚上女仆们刷洗完碗碟便在食堂里闲聊，而这时我们则在大杂屋里无所事事。这是她们一天中最愉快的时刻。快十点时她们上楼回到房间，她们的房间与我的差不多。床的上方，也可以说在中央，有一幅《圣心》复制品，还有《圣安东尼的诱惑》，还有《审判天使》。缝纫机的上方，一串三角形的大粒念珠镶在已故的苏诺先生画像的四周。他小胡子下垂，目光斜视，可能是因为照片修整过。他的遗孀星期天做些针线活儿。一些一粒一粒的我不知道的东西。她的穿着跟在平价市场买衣服穿的玛丽一样。她们买同样的衣服，都差不多。夏天是一件黑色的丝质外套，一顶黑色的草帽，一条黑底白点的长裙。显然她们不是每年都买。例如某个夏天她们换了长裙的领子，下一个夏天再换帽子的系带就这样轮换下去。晚上她们讨论的就是这些。苏诺夫人前几天度假走了，穿着一双让她脚痛的新皮鞋。玛丽建议她把那双旧皮鞋带上放在旅行箱里并带上拖鞋。丰丰主动把旅行箱提到大客车上，在我的监督下。大客车停在我们的花园大栅栏门前，非常方便。八点十分和十四点十分从一个方向来，十二点差二十和十九点差二十从另一个方向来。八点的那一趟直到阿伽帕，十四点那一趟直达杜弗。我说这些是为了换换气氛。我说到和玛丽在一起喝茶。她返回厨房去拿牛奶和咖啡。她把它们放在餐桌上。她看着外面说，他是不是在装傻呵。丰丰拿出一把绿色的小椅子。我对玛丽说不要说他，让他去吧，我们不能时时刻刻都吼他，我们看着好了。因此他确实是已经把椅子拿出来了，我刚才没有做梦。

我应当稍微改变一下讲述的方式。我不能总是说可能或大概，这令人厌烦并且没有任何用处。人们从知道我书写就像在跟自己说话一样那时起就对我有了成见。我无法防止意想不到的事情和矛盾，因为我是在摸索着前进。我

61

也不得不提出假设但我不能过多地假设，这会显得不严肃，然而这是最能帮助我的办法。不管怎样人们可以相信我的良知，我不会对什么都进行假设，而是根据最具真实性的一面。现在我不应再请求原谅了，我所做的并不容易，我冒了很大的风险。

因此我看见了丰丰把那张绿色的椅子放在栗树下，于是我对自己说，上帝知道他还会做些什么蠢事，我得亲自来过问这件事，免得他挨耳光。然后玛丽打开了碗柜把餐具摆好。她对我说地窖里只剩下三瓶酒了，应当订购九度的，我对加斯东说了。我又想起了我们新近发现的九度的酒，以前我们喝的是十一度的，这样到年底我们节省下来的钱就很可观。我可不能忘记告诉加斯东，是他打电话订购东西。看着打开的碗柜底部，我又想起了当年加斯东踌躇满志的时候做的烧酒。可可子、黑加仑、覆盆子。那是刚刚开始的时候，我们还敢有幻想。现在我们明白了。再说烧酒简直就没法喝，我们曾努力去感觉它好喝。我喝完茶后又上楼。勒贝尔小姐在楼梯上与我相遇，我问她睡得好不好，她对我说不好，阿波丝多罗夫人冲了四次马桶，我再也无法入睡了。但就像往常一样，勒贝尔小姐有点儿耳聋，我肯定她在走廊的另一头什么也听不见。可能她听见住在她对门的阿波丝多罗夫人从房间里出去，于是她就想象冲马桶的声音？老实说我也不相信。她说她没有睡好，就像许多不愿意让人看出自己睡好了的人一样，不知道为什么。睡觉没有什么好害羞的。否则的话我就要羞死了，我可以睡十二个小时。总之她对我说了这些，然后我又上楼回到了房间。我透过窗户看丰丰在干什么。我是否看见他把红椅子也拿出来了？我应当直接问他是否把它拿出来了。酒和椅子。不要忘了，酒和椅子。我穿上了衣服。然后我在桌前坐下。关于我每天在自己工作桌前坐下的这个动作应该有许多要说的。我感到某种安慰因为我知道至少它，植物学，它不会像其他的东西一样被遗忘，同时又感到有点儿羞愧，因为我很清楚自己是懦夫，拒绝像其他人那样生活。但我已经说过我为什么要拒绝。尽管如此这还是令我心烦。我说别人扰得我心烦是白说，我知道他们比我和我的植物学有用。我是怎么知道这一点的？为什么？因为。振作起来。我在桌前坐下，把昨天写过的东西又看了一遍，我把它们都划掉了然后我重新开始。我还在说昨天，尽管我对此不再那么有把握。当我有把握的时候我就会说前一天。立刻我就想到了那张纸。我在桌上、小卡片抽屉里、手稿的纸页间、吸墨水瓶底下翻看，然后在整个房间里、所有的家具底下也就是说桌子、衣柜、床下和床前的小地毯底下寻找。但我并没有拆开亚麻油毡，我们不要小题大做，尽管我肯定想到了这一点。我还暗自寻思如果玛丽看到了那张纸她会不会无心将它团成一个纸团，或是和灰尘收在了一起或是用力地扔进了厕所里，或是更甚把它从窗户里扔了出去。这就是我要下楼到花园的缘故。好吧那张纸被风吹走了，这个可能性总是有的，但纸团的可能性更大。一个纸团。我看到玛丽在扔这个纸团。别告诉我说更正是无用的，它突然向我揭示了我还没有想到的一件事情。意思就是想要说的事情。我还没有想起来我想到了这件事。甚至是最重要的，下意识的一件事。我透过窗子往外望去，一边想着飞走的那张纸，不管怎么说就是为了那个纸团，我才下的楼。就是这样我才下了楼。那张纸我从高处大致能看见。于是我下了楼。

我在走廊上遇到了阿波丝多罗夫人。她正好从厕所里出来。我迎面看见了她并看见了她那塞得鼓鼓的衣袋。我能肯定我对自己说过，我们又花掉了一大笔钱。我对她说您好您睡得好吗？她回答我说这么热的天，她的风湿病使得她备受折磨。她说没说潮热？不管怎样她的步履艰难。她可能对我说过她的金丝雀没有

64

睡，这是可能的。金丝雀会失眠吗？她可能在胡思乱想，或是她想象她的金丝雀没有睡。她能想象些什么呢？可怜的女人。难道在她这个年纪她还会想起快乐的事吗？不管怎样应该是想起了不愉快、烦恼、搬家、钱包、死人。还有金丝雀。自从她来的那一天起，我就再也没有见过它，我是从不到寄膳宿房客的房间里去的。可能已经不再是开始那只金丝雀了？她可能另外买了一只？我想不起来她说过这个。问问加斯东。酒和阿波丝多罗的金丝雀。我下楼来到花园。事实上是有那把绿色的小椅子而没有那把红色的。我对自己说，在花园里找过我的那个小纸团以后要去问一问丰丰。或是在这之前我就问过他了？之前。我说过让我们在这之前摆脱这些事情吧，免得他等一会儿挨耳光。我叫了他。没有回答。我去了杂物间，他不在那里。相反那把红椅子倒是在那儿。我又叫了一遍，我一直走到了花园大栅栏门前，看了看街上，没有看见他。我没有理由担心，他总是这样。我不知道他在做什么，他可能到村子边上去了。或是去了河边？我一无所知。我不能开始想象他在做什么，他那可怜的大脑可能一无所知。我本该做的就是自己把红椅子拿出来。为什么我没有想到这一点呢？为什么我没有这样做呢？或者是我想着勒贝尔小姐不会

65

在丰丰回来之前下楼，或者是我正急着要找我的那个小纸团。奇怪。或者我想象过丰丰到对面的花园里去了？他去了那里吗？他认识邻居吗？我一边看着稻草人，一边胡思乱想这些事不是不可能的。如果丰丰认识邻居这倒是一个很好的攀谈的话题。例如对邻居说我希望我们那可怜的小家伙没有打扰您。说打扰，这显得比较有教养。但愿他别把我看作是随随便便的一个什么人，让他感觉到距离。这个傻瓜。确实是这样，时时刻刻都想抹杀距离，对自己对别人都没有什么好处。在五分钟内他们会把您看作是跟他们一样的人，但时间不会更长，到那时就一团糟了。人家会意识到是自己弄错了，他会变换语气，自我封闭结结巴巴，而我们却不知该怎样脱身，我们会蔑视自己，会对自己说，我本不该这样开始的这不礼貌，我们会试着草草地弥补过失，一边继续说着话，同时心里时刻惦记着不要使用某个词汇以免让他受窘，很快我们就不知道自己在说什么了，我们扰乱了一切，这会让人吃不消的。从一开始就标明距离。说打扰。我们那个可怜的孩子没有打扰您吧？一点儿也没有，先生，他说先生，一点儿也没有，他在和猫玩儿呢，啊，您有一只猫？这就好了谈话开始了，很好地开场了，在一个合适的话题上。语气也是。语气。

这是最难掌握的。一种虚假的语气可以毁掉您的整个生活。每当我想到这一点就会感到害怕。比害怕更甚。简直是要命。人们有些时候会寻思人是怎么死的。人们无法对此做出解释，人们不懂，说它是个谜。他们是因为语气而死的。他们一开始就没有刺中。语气。这是生死攸关的事情。

他在和猫玩儿。您有一只猫？我可以让谈话拖延下去，以便知道他对丰丰的看法。他不认为丰丰让人无法忍受，因为他并没有不让丰丰和他的猫玩儿。他是不是觉得丰丰完全是个白痴，完全是无可救药的？是不是觉得他根本不会有任何进步？我总是想着丰丰这个事。我对他负有责任，我喜欢他。喜欢他的眼睛或他的嘴巴或他的头发，但我对他的灵魂，他那可怜的婴儿般的灵魂是否有足够的兴趣呢？我对此是否足够关心呢？我是否应当让他读书？大家知道我对读书的看法，但为了丰丰，如果这能开发他的智力，我会给他上阅读课的，我会办到这一点的。但这会令他厌烦。也许这位邻居会跟我谈他对这个问题的看法？尤其当邻居是个傻瓜的时候。我注意到通常聪明人只会提出糟糕的建议，到处添乱。但这要追溯到我在办公室工作的时候了。幸亏智慧的光芒并没有照耀到膳宿公寓。尽管如此他们对丰丰还是没有看法。或更确切地说是有不好的看法。这是与邻居进行接触的另一个理由。在看到稻草人和风信标时我想到的就是这个。然后我开始搜寻花园。我大概腰弯得很厉害，一个小纸团会与砂石混在一起的。因为我们有砂石。不太多但有。时不时地我要丰丰把它们扒到墙边和花园大栅栏门边去，例如在大雨过后将它们刨出来，再铺到表面。它们总是从这一边下陷。为了避免邻居们说我们对一切都不管不顾。这很愚蠢因为我对邻居们才不在乎呢。因此我向前弯腰弯得很下。我从台阶开始搜索，为了做事有条不紊。花坛。通向地窖的斜坡。大家是否清楚这个路线？大家是否能确定方位？从街上来时站在花园大栅栏门前展现在大家面前的是花园，花园中央是栗树，花园顶里边是杂物间。右边是临里瓦尔一家的那面墙，左边是房子。房子有二层再加上复折屋顶层，这样就有三层。台阶位于房屋正面的中心。左边是大杂屋的窗户，右边是食堂的窗户。通向地窖的斜坡在顶里面，食堂窗户后面的角落里。当我累了的时候，我就会描述房屋内部的结构。有不少令人恶心的东西很快就会让人对物品生厌。物品！简而言之。通向地窖的斜坡。我走下去了一段，小纸团可能就在门边。门一直开着不是没有可能，玛丽从来不关这扇门。我们反复跟她说要关上这扇门也没有用，她脑子里就没有这个概念。她说这是因为有什么东西会飞走吗？当然，这是原则。我大概进去了。一边对自己说，小纸团趁门开着的时候滚了进去，如果我可以这么说的话。我在右边的木炭堆里、左边的土豆里、顶里边的酒瓶架子里都看过了。我肯定看见只剩下了三瓶酒，却记不起来我是否曾想到过这一点。在酒瓶架上方，一颗一直没有拔下来的巨大钉子让我感到害怕。我时刻都想着人可以吊在那上面。它并不在酒瓶架子的正上方，它在右边，脚不会触着地，离地刚好有一个炭块的高度。地窖里什么也没有。我大概在那里待了很长时间，在里面什么也看不清，灯泡太暗了。我走了出来，关上了门。一把大钥匙一直挂在锁上。然后是杂物间那边，也就是工厂那边。这里也有一堵墙，爬满了常春藤。我顺着墙边蜿蜒的小路走了花园里大约三分之一的路程。我对自己说我先走完花园大栅栏门那边的第三个三分之一，最后再完成第二个三分之一，花园中央。也就是栗树那里。什么也没有。我走进了杂物间，这一点我在一开始就说过了。但我在那儿待的时间比我刚才说的要长一些。这里也看不大清楚尽管有一扇窗户，也就是说有一束光线，并且门是开着的。这扇门一直让我很恼火。它也是从来

69

不关的，在有风的夜晚它就像所有其他的门一样碰撞，同时还会发出一种不同的声音，因为它的过梁已经朽了一半，我用了一块木板把它加固但接得不好，这块木板也发出吱吱嘎嘎的响声。我不敢去整理杂物间，去得最多的是丰丰。然后我从杂物间向里瓦尔家的那面墙走去。然后就只有沿着里瓦尔家的墙去桃叶珊瑚那儿，然后再去搜索剩下的三分之一。桃叶珊瑚里什么也没有。这种可怕的植物布满了黄色的病斑，一开始就应该把它们换掉的。大家硬说它在冬天常绿可它一直是病恹恹的黄色。果子长出来的时候，这里那里都挂着红色的浆果，就更丑。在花园大栅栏门处我停了下来，我打开了大栅栏门，我看了看街上。我在这里待的时间也比我刚才说的要长一些。小纸团完全有可能在人行道边上甚至滚进下水道口。这样的话我就一点儿办法也没有了。我在街上做了什么？可能走了二十来米。朝着一个方向，往下走，我想起来了。我从不沿街往上去那个小广场，不知道为什么。我应该知道。可能是对那边有不好的记忆，我宁愿不去多想。村子里有一些地方我是从来不去的。不是说我不常出门，但有这样的一些地方。甚至去树林里采集植物标本，我也避免走某条小路。我把大量的在那些不知情的人眼里显得荒唐可笑的事情

70

称之为不好的记忆。或是不同光线的质地，每一处光线都不同，或是对某个令我尴尬或悲伤的局面的记忆，而这样的地方不知为什么会唤起我的这些回忆，可能是因为光线阴暗的关系，它与悲伤的记忆相连。就像是不适的条件反射。在这一点上我也应当寻找每个我躲避的地方的联系，但这样就会没完没了，并且这不会有任何改变，我还是会避开这些地方。我大致把一切都归咎于光线，这使问题简单化。当我应当给予解释时，我的意思是。对加斯东或对任何人。我说我更喜欢从别处走由于光线质量的缘故。大家会认为我过分敏感甚至有怪癖，我不在乎，这使问题简单化了。对面的人行道。我在邻居家的花园大栅栏门前停了下来，这是不容置疑的。

我又一次想到了可能的谈话并想到了丰丰。我大概瞟了一下不过是为了看看能否找到丰丰。他不在那里。我看了看是否有只猫。没有猫。矮人。没有矮人。希腊花瓶。没有希腊花瓶。但垃圾箱在那儿。他是否把我的小纸团扔进了那里？我应当跟他谈一谈。我肯定在他的花园大栅栏门前待了相当长的时间。我看着那张他一般会坐着看报纸的椅子。靠墙有一枝被称作"荷兰之星"的蔷薇。我可能还想到了我们那儿也应当种上一枝。它会一直爬到二楼，这会给人带来快乐。还有一枝叫作"蝴蝶夫人"的蔷薇。但是大家总会忘记给它们浇水，我是说丰丰，他又多了一个挨耳光的机会，应当放弃这个想法。此外这些蔷薇都很昂贵。我应当想想洗衣机。这个洗衣机简直让我烦得鼻子冒烟。加斯东只谈它。它会引起洗衣女工以及玛丽的极大的不愉快，玛丽不会愿意承担这项新增的工作。它不是已经引起麻烦了吗？我想加斯东是对我说过什么的。除非我已经开始想象，这并不困难。然后我就回到了我们这边。

比我刚才说过的时间要长得多。我弄错了，不可能是不到十点钟。玛丽出去至少已经整整二十分钟了。我为什么要肯定自己看见了她？我对此不做解释，这没有任何意义。我并没有看见她，因为这不可能。没有看见她出去，我的意思是。她完全可能从窗户里跟我说话，在看见我去地窖时，只剩下三瓶酒了，请告诉加斯东先生。不是在我喝茶的时候。是在那个时候。这是可能的，应当是这样的。不管怎样，我没有看见她出去。因此差不多可以肯定我没有去过厨房。也没有返回过食堂。我为什么会回那里去？是勒贝尔想告诉我什么事情吗？不是。这些天近十点钟时她就下楼去花园，她不回食堂。那么就是这样了，她下楼去了花园并且要她的椅子。她先叫了丰丰，没有回答，于是我对她说您别恼火，我去给您拿。但她自己把它搬出来了。我现在还能想起她的样子。她一只手拿着毛线，另一只手拖着椅子。我去帮了她一把。当她坐下后，我很快就问了她，或是再次问了她看没看见我的那张纸。我明确指出是小纸团。她耸了耸肩做出一副我已经说过不想再说了的神态。为了使她不要总是把我当下等人对待，我补充说这个小纸团，这张纸，非常重要，我的学术论文中有整整一段都取决于它。

保持清醒的头脑。我还是一下子失去理智的好，那我们就不用再谈论它了。不用怕。我总是保持着足够的理智可以希望失去理智。

酒，金丝雀，纸团，还有什么别的？有别的。酒是最重要的，别忘了告诉加斯东。

我大概没理会勒贝尔，继续搜索了花园。来到大杂屋的窗下，我从房屋经花园中间的三分之一处径直走到里瓦尔家的墙边。在栗树的旁边我抬起了头，但主要是为了确定丰丰不在那上面。我的小纸团不可能挂在那上面。或是我想着它被卡在树杈中了？我没有多想，因为勒贝尔。我一直走到桃叶珊瑚那儿。一无所获。不过我早就知道我会一无所获。我这样子是否让勒贝尔觉得可怜？她大概在这时对我说了话，为了让我换个念头。她大概对我谈起了她的侄女。她九月份会去或是不会去。她今年会去。她希望阿波丝多罗夫人能够去自己的侄女那儿，她需要换换观念。关于洗衣机这个问题她并不完全同意加斯东的意见，买台冰箱不是更好吗？看看今天早上的奶油，还有那些甚至一刻也不能多保留的烂菜，土豆就更不用说了。我说归根结底，只有两个月要用冰箱，七月和八月，而洗衣机却全年都用得着。她狡诈地问我怎么能节省出这样大的一笔钱来。她大概在想我们要克扣日常伙食。我立即指出她的错误，说我们以分期付款的方式购买。这使她惊讶得几乎说不出话来。她没有用这种方式购买东西的习惯，过去没有这种方式，她觉得这对今天的年轻人来说是个好办法，他们既没有道德意识又身无分文，他们借债，他们偷盗等等。大家怎么能够，我们，同意这种交易。我不得不对她解释这一切但并没有说服她。她还对我说起了前几天在阿伽帕一些年轻人干的一件持械抢劫案，她把一切都混为一谈。她反复说分期付款分期付款。我差一点儿要对她说这并不能说明什么，只是玩个文字游戏罢了。我没有告诉她说这是对的。然后我就任她去打毛线去了。我又上楼回到了自己的房间。

　　这时我对自己刚刚做过的事情进行了思

考，看看做得是否对。好吧我把花园搜索了一遍，但我难道不是明明知道自己找不到它，只是为了让自己心安理得才这样做的吗？心安理得！我们从孩童时代起就不得不演这出喜剧。是的，我在花园里搜索了一圈，同时知道自己是找不到的。我没有找东西的本事。这种本事十分特殊只有它才能唤起奇迹。应当在寻找东西的同时忘记自己是在找东西。我不是在玩文字游戏，我不想这么做。非常特殊的本事。我没有这个本事。我从来都无法达到这种状态。是否还应当试一试，也就是说下楼去，同时忘记为什么要下楼，然后在花园里搜索一圈，除了看看地上以外还要看看别的地方，很放松地，同时脑子里最好想着其他的人，我对他们所负的责任，他们每天都看见的这个花园、这个楼梯和这个走廊，尽力站在他们的立场并与他们共情？诸如此类的事情。我先是回到了窗前然后看着栗树下的勒贝尔。她时不时地停下来数着针数。她把眼镜移到鼻尖上，一针上一针下地数着，然后把它们重新穿在针上。她在编织毛线的时候并不怎么看手中的活儿，她一直以来就习惯这样。她是为穷人们织的。她肯定想到了自己的生活，想到了她的侄女们，想到了初领圣体，想到了她读书时的朋友们，想到了那些鹳。她移开眼镜，数着针数。又将它们重新穿在针上。这么些年既短又长。她没有什么大的奢望但还是应当去天堂。为穷人们编织毛线。她会死在编织毛线上的同时想着自己编织得还不够多。上帝知道她对天堂的想象。一种类似缝纫工场的地方，在那里所有人都带着微笑，喝加糖的茶水，唱着晚祷，谈论过去的时光。我为什么要说这些？可能这些全是错的，但这使我安心。我不愿意她把天堂想象成另外的样子。这些消磨在为穷人编织毛线上的碌碌无为的日子，难道还不令人作呕吗？我想呕吐，就是因为这个。因此我看见了勒贝尔。我对自己说我已经开始忘记我的那个东西，不要说出纸这个字，我可能上道了同时清楚地知道还没有，但是毕竟，毕竟是有了某种放松。我闭上眼睛以打消在房间里寻找的欲望，只是在走到了楼梯口前我才睁开了双眼怕的是撞坏了嘴脸。我非常慢地下了楼梯，一边设想着自己是阿波丝多罗正在上楼。这大概非常困难。而这个栏杆黏黏糊糊的，玛丽忘记打扫了。是丰丰用他那双黏糊糊的手搞的，他时刻都在扯着嘴里的口香糖或糖块。告诉玛丽要擦擦栏杆。酒、金丝雀、小纸团、栏杆。阿波丝多罗从来都是拖着腿走路。当她说不舒服的时候我没有看到有什么不同。怎样才能让她明白她那头紫色的头发和红色的嘴唇，或反过来红色的头发紫色的嘴唇使她显得滑稽可笑？可能我更多的是同情她，想向她表示关心？她是否不想要别人关心？难道有不想要别人关心的人吗？不管怎样，无法向她做任何暗示，哪怕是为了她好。即使是善于使用交际手段的加斯东也不行。不过他对女佣们说话时用的那种拐弯抹角的方式真让我感到恼火！只有狡猾的人才能听懂他的意思。不是这个家里的人就不会知道。例如要说这个玻璃杯很脏，他会说玻璃杯是一张像样的餐桌上大家盯着看的第一样东西，有一丁点儿的水蒸气大家都会注意到，幸亏在我们这里从来没有过这种事。诸如此类。有时玛丽听明白了，但她大概在心里冷笑。

　　来到下面后我决定直接去找勒贝尔小姐。为了不让她感到奇怪，我这个人并不比大家更喜欢她并尽可能不去管她，应当找一个借口。我找到了什么。洗衣机？不是。假期？不是。丰丰。我想起来了，我找到了丰丰作为话题。我可以对她说不要再打他的耳光了。这本来是在跟她谈论某件与她个人有关的事情时，一种最善意的说法，但我毕竟不能总是要求自己做不可能做的事情。我对她说我想跟您谈谈耳光的问题，不要打他耳光，我来负责这件事，不然到最后他会怕您，而这会让我感到不安的。她从眼镜上方看着我，然后对我说，怕？要是我能让他害怕就好了，他根本不在乎，他会挨耳光的。我对她说她明明知道这没有任何用处，因为他总是一犯再犯。她对我说钉子是由于不停地受到敲打才钉进木头里去的，一句诸如此类的话让我非常恼火。别刺激我。我想说的不完全是怕，我对她说，我不愿意，怎么说呢，我不愿意他对您的感情……总之他不那么喜欢您，因为耳光。她再一次看着我。他喜欢？好呵！您在讽刺我？这个白痴？此外我决不会以软弱为代价来寻求别人的喜欢。他得改正。这是我能为他做的最起码的事。他喜欢！您真有道德标准！显然我早就知道她会这样回答我。快找一个办法来延长谈话。我说顺便问一句您知不知道玛丽是否看到没有奶酪了？听到这话她从正面仔细地打量了我。您是不是昏了头了？您刚刚告诉过她。我说，真是的我真蠢，然后我向花园大栅栏门走去。失败了或者没有失败，没有做也不需要做。但我到底想干什么呢？博她一笑？不管怎样我确实是对玛丽说过奶酪的事。我本应让勒贝尔注意到我曾坚持要让她吃上蓝纹奶酪。大概这会让她由衷地微笑？但为了这个微笑我给自己找不愉快，我不认为这是我所寻求的结果。于是我没有去理会它。精疲力竭。为了掩饰窘态避免她问我在花园大栅栏门前干什么，我出门到了街上，我走了两步隐身于墙后然后观察着对面的花园。如果丰丰没去那儿，如果那儿没有猫，我可以让丰丰去对邻居说点儿什么，但说什么呢？近几天发生了什么能让他感兴趣的事情？我没找到。道路养护？一个用户们共同关心的问题？他的垃圾箱，对。我要让丰丰去问他是从哪里弄到这个绝妙的垃圾箱的。丰丰不会想到我为什么要让他去，他会被搞糊涂的，他会回来对我随便乱说一气，或是忘记回来，这样就有了一个很好的借口去向邻居请求原谅。请原谅，我没太注意派了小家伙来，您大概什么也没搞明白，只是自从我看到您那个绝妙的垃圾箱以后我就想问问您是从哪儿搞来的。可以告诉我吗？至少这不会让他心生反感。他会回答的。我知道自己对垃圾箱很精通，对人的癖好略知一二，他至少有癖好，这癖好表现在那些小玩意儿上，它就跟您的风信标一样是那么独特，您是从哪儿弄到它的？他继续回答，满面笑容，谈话会持续下去，会转向他的侄女们。这时我便稳操胜券了。我可以谈起我们那些寄膳宿房客们所有的侄女，那些绣花小桌垫、文不对题的话语、有趣的蠢事，各种各样的故事，当然要把侄女们搞混，但这会怎么样呢？邻居会喜笑颜开，他会寻思相互认识怎么要花这样多的时间，他会请我喝一杯，我们坐在他的花园里，我对他谈植物学而他正好对此颇感兴趣。一个乡下的单身傻瓜或差不多的人很少会对此不感兴趣。但归根结底他是不是单身汉呢？从他跟我谈他的侄女这一点来说，肯定是的。是的，他刚刚告诉我他曾在一四年①订过婚，但他的未婚妻把他甩了跟一个英国人走了，他一直没从这件事中恢复过来，一直是单身。一个多情善感的人，他还是一个彻头彻尾的傻瓜。但我克制住了自己的反感，在那里耽搁了许久，说着说着，忘记了午餐的时间，最后我问他，有没有看见过我的奶酪，我的意思是玛丽，我们的女佣您知道，她是否，并不是因为我愚蠢，您不会知道，但您可能看见了我的……注意。别说纸那个字。我切入主题切入得不好。他已经把我当成一个疯子。我马上试着挽救脱口说出讨厌这个词，我想到了自己第一次下楼时的讨厌情形。但太迟了，我做了本不该做的事，这一下拉开了我们之间的距离，太糟糕了，他关闭了心扉，我看到他那局促不安的神情，于是我一边起身一边仍然鲁莽行事，反复地说着我希望我没有惹您讨厌。

大概是这样。我听见勒贝尔在喊，您到底在做什么。我藏得不够好，她看见我了。我再

①　指 1914 年。

次穿过花园大栅栏门说没做什么，我想到了那个稻草人，它的作用有多大的范围，据您看？她回答我说为什么问这个，您想种生菜吗？

我刚刚说过，用一个问题来回答另一个问题这类话让我感到非常恼火，但那是当她这样说的时候。当我这样说的时候，我喜欢。

不是我不想种生菜，而是我心想它起不了作用，因为这里有个鸟窝。它要是在这里能起作用就解决问题了，它可以让我们摆脱这些鸟，我们可怜的丰丰就不会想去爬树了。她对我说赶走这些鸟，赶走这些仁慈的上帝的创造物将是一种罪过，我们甚至连一棵果树也没有，即使我们有果树她也不会赞成的，邻居那是他的事，此外它们什么害虫都吃您会看到的，不管怎样您会自食其果的，应当顺其自然。她总是说罪过，这让我恼火。但我没有反驳，这一回我没有反驳。我又想到了她说的天堂大家会在小窗口数着罪过，我笑了。她问我笑什么，我说我不知道，是这样，更确切地说是我想到了邻居的害虫会被捉住。我要是问她关于邻居知道些什么就好了，但我没有想到这一点，我对他不感兴趣。再说一遍我对他不感兴趣。或者说这是我的事，纯属私事。不要说闲话。她大概抬起了舌头要对我说邻居的坏话，但她打住了。她知道我不喜欢听。我给了他们一个错误的印象。他们认为我很有德行而我却不停地把除了我以外的所有人都看作傻瓜。他们不区分美德和乏味而这却是最重要的。这两者甚至是对立的。换句话说美德就是说邻居们的坏话吗？可能，可能。我在斟酌词句。总之我不知道怎样做才能忘记我在寻找那个小纸团。我走到大杂屋的窗下对勒贝尔说，当然不种生菜，我们的地方不够，不过我们不应当像开始时那样再种点什么吗？例如凤仙花什么的，您还记得吗？它让人感到愉快。她对我说，呵，您看您想到了栽培，但首先凤仙花原来不是种在这里而是种在食堂下面，我巴不得重新栽种但您看来是没有想起来您曾说过它们太难看了，那时我感到非常难过，在我们那里阿尔萨斯，有种花的习惯，我们喜欢它们，这些仁慈的上帝的创造物。她想起了这些。我说您本该告诉我们的，您为什么不告诉我们呢？我们会再种的啊，如果您高兴的话。我说得过头了。她暗自寻思我是怎么了，她从眼镜上方打量我，然后数她的毛线针数去了。我补救着。对您和对其他人，我们没有任何理由不让你们快乐，你们的快乐本来就不多。我越说越没边儿了。她大概对自己说我在发神经，她什么也没再说。她了解我，她知道这不会持续很久。但如果她想升入天堂，她这个傻瓜，最好还是尽力让我的神经发作持续长久一些，而不是重新埋头于她的毛线活儿之中。

我没再说话。我向地窖走去一边对自己说，我没有好好核对一下是否真的只剩下三瓶酒，我不相信。玛丽可能看错了，地窖里什么也看不见。我点了灯。我想我们完全可以用一个亮一点儿的灯泡。要告诉加斯东。我到了酒窖顶里头，重新数起酒瓶来。只剩下三瓶了，确实如此。告诉加斯东酒的事。酒、金丝雀、灯泡，还有什么？然后我看了看木炭。是否应当再订购一些？还有土豆。这些东西够不够那些野兽们回来用？我并没太认真考虑这些，我在闲逛。重新回到地面，再见到勒贝尔让我感到厌烦，但愿她不要再问我在做什么。但如果我在地窖里待得太久的话她还是会问的。我烦透了。我不能再这样生活下去了。应当改变点什么。那么我来跟她谈谈土豆，我将回答她我当时正在数土豆啊。我就是这么对自己说的。如果她耸肩膀的话，我就要对她说，她的阿尔萨斯和她那些初领圣体的事，被我扔在了一边。为什么不？瞧着吧。这就会有点儿改变。她会怎样呢？她会喊救命吗？她会发疯脱裤子吗？她会做什么？我还记得，我当时正坐在一堆木炭上，我是个那么注意自己裤子的人，它会完全变黑的。这不行。我不能上去。如果她发疯脱裤子的话，不会有人看到什么。除非她还一边喊着救命？加斯东立即就会过来。这段时间加斯东在哪里？在食堂，在灵柩台前，把发票进行分类并进行核算。灵柩台是一张用冷杉做的漆成黑色的写字台，因此大家才这样叫它。加斯东把他的全部时间都用来清理和核算发票。这个时候他大概正在计算为了买洗衣机得交付的第一笔预付款吧。关于这一点今天早上我可能跟他说来着？让我想想。我走进食堂。讨厌的阳光、烧焦的肉油味道、苍蝇。有一天我还对自己说，这个肮脏的七月，什么时候才会结束。还有洗衣机，他还要跟我谈这台机器。这一切只用了四分之一秒钟。我机械地将头转向灵柩台，他在那里。是这样，他那时在那里。我坐在自己的位置上。我们好久都没互相问好了。不是因为我们不要好了或是我们闹意见了，不是。而是因为那没有什么意义。我们把这个礼节留给了寄膳宿房客。我们变得甚至连话语也节省了，我对此并不感到遗憾。这是我没有遗憾的少数几件事情之一。对其他事情我有多么遗憾吗？坦率地说。我不认为，总的来说。我不可能有什么别的生活。我所做的事我都尽量把它们做到最好。特别是那些蠢事。我不能不这样做，我不知道怎样才能不这样做。否则我就不会这样做了。因此我一点儿也不感到遗憾。我现在像是在嬉戏但根本不是。我在整理自己的箱子。我一点儿也不遗憾，这会很荒谬。我憎恨荒谬。加斯东在灵柩台那儿我对他说了什么，但是什么事呢？不要马上想它。等我的茶凉了再说。我说我告诉了勒贝尔什么？对加斯东这多少要重要一些。酒？不是。这是我第一次下楼，我还没有看见玛丽。但如果我根本就没有看见过她，她也根本没有对我谈起过酒的事呢？我大概喝完茶后在走廊上遇到过她。除非是她在我跟加斯东说过话以后才进来的？不对，她可能对他说过酒的事了。她对我说过了没有呢？

保持清醒的头脑。我们不要激动。镇静。酒、金丝雀、灯泡。我给自己倒了茶。我等着它凉下来。加斯东在给发票分类。我对自己说他要过来对我说洗衣机的事了。为了避免这样我找他讲话，我把他引上另一个话题。随便什么话题。丰丰把勒贝尔的椅子拿出来了没有？他没有回答。我看着外面。椅子没有搬出来。我说他又要挨耳光了，难道你不能告诉勒贝尔不要太过分了？他没有回答。你总可以回答我的问话吧。什么？我重复了我说的话。他对我说听着这不是我的事，你去管吧，目前我要做的就已经够多的了。我看出来了，他就要跟我谈洗衣机的事了。只要我住嘴他就会又提起它来的。因此应当换个话题。不要忘了我们讲到了我第一次下楼，下了床之后。我还浑身发软。我说过的那些事直到现在都还没有发生，那张纸，那些冒犯，那位邻居，什么都还没有发生。我开始喝茶。正是这样。我说过我们或许可以试一试锡兰的茶，在平价商店有一些便宜的。他又说了什么。我打搅了他，他想安静安静，他不会跟我谈他的洗衣机了。唔。我喝了茶。正当我放下茶杯时玛丽正好走了进来。她把餐具放进碗柜摆好。她在这个时候没有说到酒。除非她低声对我说了以便不打搅加斯东？她对他很体贴。我不这么认为。我好像还听见她在我的耳边窃窃私语，或者说，我好像还闻到了她的口臭。这间破房子里的人都有口臭。我也一样。大家硬说这来自胃但是我说这来自心脏。我还能想起来她低声对我说话，因为我憎恶这一点。在这个时候她没有对我说到酒。后来。当我再次下楼去花园时。好。我放下了茶杯我没有要其他的东西，我出去了。

　　这一切都是为了知道加斯东那时候在哪里。我刚说到了勒贝尔发疯脱裤子。当我在地窖的时候我真的想象了这个场面吗？这是可能的但是很快，并没有耽搁什么事情。倒不如说我是在寻找办法摆脱这个想象，除非勒贝尔并没有跟我说话。也许我是真的想待在那里？不是，我不这么认为。我大概对自己说过，要是我们能像这样一直坐在木炭堆上，别人不来打扰我们，让我们一直安静地待着就好了。这个想法曾经在我的大脑里闪过但是并没有持续多久。我大概对自己说过，我们出去吧，如果她问我在做什么，我就告诉她，说我在想丰丰会不会把鸟窝藏在了地窖里。他收集鸟窝，尽管他知道我们不让他这么做。他把这些鸟窝放在杂物间的某个地方，这个我知道，不过他可能会以为我发现了这个地方，于是最后一个鸟窝，大家近几天来谈论的那个，燕雀的或者不知道什么鸟的窝，就被他藏在地窖里了？为什么不呢。告诉勒贝尔这个。于是我走了出去。她没在椅子上了。费了这么大劲儿真是的。她大概是去撒尿或是到房间里多拿几根毛线针去了。我不该再想着我的小纸团了，但我还是应该待在花园里万一……我走近食堂的窗户看了看加斯东是否还在那里。他不在那里了。我走到大杂屋那边看了看里面。他在那里，他在书架上找一本书。我问他找什么书，然后我又说，哎！我想起来了，地窖里只剩下三瓶酒了，你再订一些吧。他对我说，过一会儿你再提醒我，我现在很忙。

我现在说到我第三次下楼包括下去喝茶的那次。或是第四次。我想不用找就能找到我的小纸团，一边显出对别的事情感兴趣的样子，如果可能的话还要显得讨人喜欢。我再次问加斯东在找什么书，他回答我说在为阿波丝多罗找一本侦探小说。再坚持下去就会令他生疑了。生疑这个词用得不准。他可能会心想他发神经了，但他的这个想法对我不会产生任何影响，它并不能让我羞悔。然而我更愿意他不这样想于是我尽力做到发自内心，对他说一句关心他的话，让他觉察不到我神经病发作，就用另一种声调，另一种语调。当然还是为了我的那个小纸团。要引发奇迹就不要陷入习惯的做法之中。要找到它是有困难的，这一点我想起来了。处于这种境况相当可悲。力求讨人喜欢而不引起大家的疑虑。这大概是不可能的，因为我努力去这样做但却做不到，坦率地说。我也不能完全忘记察看砂石，同时完全忘记自己已经察看过了。加斯东走出了大杂屋。我再也没有任何人可以向其表明我发自内心的关怀了。勒贝尔又要下楼了，但我已经对她试过，如果我再试的话结果会很糟糕。就到此为止也好，我就是这么想的。侦探小说使我有了一个主意。我拿上一本书走到台阶上坐下，装作读书的样子，避免她来纠缠我，我会时不时地盯着砂石想别的事情。这可能会成功。走向大杂屋，我没有找到侦探小说，我拿了《泰雷丝·

88

纳玛①》，随便什么，然后我回来坐到台阶上，最后一级台阶。如果她问我为什么不拿把椅子，我就回答，我想坐在这里，就像刚开始时那样，您还记得吗，没有工厂以前。如果我说这些有可能会讨人喜欢，过去的时光，她不会赌气吧？不过她会的，凤仙花。我放弃了这个想法，然后装作在读书，一边准备着我发自内心的回答。

我是否在转圈？我可能是在转，但转的不是圆圈。我发现自己在这个上午还是有所收获的。这样我可以重新找到那张纸的线索，我还抱着希望。我总是在回顾自己做过的事情的时候，才能从自己本该做的事情中理出头绪来。既然如此就谈不上遗憾了。今天上午一个小小的遗忘我可以在明天进行补救。我有着美好的期望。

勒贝尔又下楼来了。她从我面前走过但没有开口说话，她又坐在了她的椅子上，重新织起毛线来。甚至连眼睛都没抬一下。我继续装作在看书，渐渐地我不再去看砂石了。我觉得这很傻，在一个至多只有三米的范围里再也没有什么可看的了，我只有再上楼回到房间。我

---

① 泰雷丝·纳玛（Thérèse Neumenn，1898—1962），二十世纪的一位虔诚的德国教徒。

不能指望奇迹发生，我应当想想其他的办法。另一种方法。另一种精神状态。直到现在每当我找东西的时候，我总是非常地焦躁不安。这就是为什么我把自己搞得那么累，并且惹得大家都讨厌我。应当改变自己，进行一次巨大的变革。变成另一个人。到最后不再丢失任何东西，不再忘记任何事情。我看到自己满头白发，成了一个皓首老翁，系着一根东方的缠腰布。我没有了房子，住在公共住所里，而其他人，一些丢失了东西的人，来问我找回他们的东西。七月，天气炎热无比，到处都飞着苍蝇。勒贝尔小姐把我推醒。您醒醒，您会被晒坏的，上楼回房间到吃午饭时再下来吧。我现在寻思这个梦是否有道理。时时刻刻都在找东西正常吗？采用各种不同的方法也将是白费力气，这些办法不过是木头假腿上的一贴膏药。要从根本上改变。改变某件事情，我总是回到这里。我本不该记下这个短暂的梦，我觉得它很蠢。就这样说，它很蠢。我本不该相信自己睡着了。我任凭一种类似疲乏的感觉支配自己谈论疲乏。我现在的状况只能是这样。

可能该谈一谈大杂屋。例如那幅寓意画。那是一尊青铜制品，表现的是一个裸体女子，她的披巾拖垂着，缠住了两个侏儒或是孩子的脚，他俩正在逗弄着一只野猪。野猪看来是在

90

打盹。它的两只前爪搭在一个年轻男子的双脚上，年轻男子向左倾斜着身子好像是想避免撞到那个女子。画很难看，但加斯东想将它留下。如果他留下的是些有用的东西，哪怕再难看我也能理解，如果他不想要它们，我会第一个对他说把它们留下来吧，可是这个东西。显然，这东西是他的祖母辈留下来的，不可亵渎。要是能把它丢掉就好了。常常在冬天甚至春天或秋天为了消磨晚上的时光，我们便来寻思它的含意。看法纷纭。我现在不想一一列举。由于我有点儿累我可能会再度睡着，因而我得迅速前进。但是等一等的话可能也不会有任何损失。在大杂屋里还有一架钢琴，埃拉尔夫人用它乱弹《土耳其进行曲》又搅和《鳟鱼》。她弹过的所有音符，大家几乎听不出来弹的是什么。她弹琴是为了某个纪念日，例如圣诞节或是国庆日。我觉得音乐使那些忧郁的夜晚更加伤感。大家光想着自己这一生遇到过的各种烦恼和哀愁。钢琴的对面有一个笨重的长沙发，埃尔维尔在那上面坐月子。埃尔维尔是只母猫。坐月子这个词并不准确。我可能不会再有机会来谈埃尔维尔了，因为它只有在生小崽时才在那儿。大家在那个笨重的东西上面放满了纸张和粗麻布。为什么它平常不在那儿呢？我一点儿也不知道。不管怎样，我从来就没有看见过它。我现在实实在在地知道我从来就没有看见过它。它是否在厨房里呢？我会时不时地看见它的，如果这样的话。或是在用人们的房间里？它常在什么地方闲逛呢？问加斯东去。在那个笨重的东西上方的墙上有一个霉斑，稍上一点儿的地方是欧仁妮王后的画像。是否还应当说点儿别的？为了让人厌烦这些物品，是的。在那扇朝着走廊的门背后的角落里，有一棵紫露草装在花盆套里。花盆套的形状像个南瓜，立在一个背靠背的三只鹳组成的三脚支架上。一只鹳的喙是重新粘上去的，另一只缺了一只脚但剩下的脚足够它保持平衡了。加斯东还有一大堆祖母辈留下的东西，幸亏房子里没有地方放了。他在每个卧室里都放了几件，剩下的放在了食堂壁橱的顶上。赫耳墨斯的青铜雕像，乌东①的石膏肖像，卡尔波②的小摆钟塑像，上世纪所有名家的赝品之

① 让·安托尼·乌东（Jean Antoine Houdon, 1741—1828），法国雕刻家，十八世纪法国现实主义雕刻的代表人物之一，其肖像雕塑作品能生动表现各种人物性格，代表作品有《莫里哀》《伏尔泰》《卢梭》《富兰克林》和《华盛顿》等坐像和胸像。

② 让-巴蒂斯特·卡尔波（Jean-Baptiste Carpeaux, 1827—1875），法国雕刻家、画家，其作品生动活泼，结构紧凑，代表作有为卢浮宫作的《花神》，为奥赛博物馆所作后又复制给巴黎大歌剧院的《舞蹈》以及巴黎卢森堡公园里的喷泉雕塑等。

类的东西。它们与那些只有在暴风雨天气里才用得着的东西放在一起，煤油灯、鸽子油灯、酒精炉。这是合理的。我的意思是对我来说这是合理的。大杂屋里还有什么？卧室里放不下的带穿衣镜的大衣柜，里面放了换洗的床上用品。一个壁橱，女士们把自己的针线活儿和拆下来的烂毛线破布放在了里面。另一个壁橱里放着佩兰先生从报纸上剪下来的有关德雷弗斯事件、苏伊士事件、斯塔维斯基事件的剪报，至于时间顺序大家并未给予注意。这个壁橱里堆放着一些画刊，有《画报》《小画报》《时尚花园》、圣-艾蒂安武器目录。还有一些荷兰园艺家的广告小册子。还有一些包装纸、鞋盒子、工具箱。我要睡着了。振作起来。我一想到那个带穿衣镜的大衣柜，就想起阿波丝多罗夫人试裙子的场景。她去年决定给自己做一条夏天穿的裙子，去她侄女家时穿。是埃拉尔夫人帮她缝的还试了样。她打开柜子门做屏风，对我们说，请你们转过身去，先生们。阿波丝多罗夫人在后面磨蹭着试裙子。好像别人想看她穿连衣裙或天知道的什么东西似的。先生们甚至连头都没有抬就转过了身子，他们正在看书或打扑克。然后阿波丝多罗夫人从遮身处走出来，穿着翠绿底大朵紫罗兰花的长裙出现了。她非常喜欢紫罗兰。她站在穿衣镜前，埃拉尔夫人跪在她面前，嘴里衔着别针，让她转身看裙子的长短。大胖子转着身子感觉自己美极了。这不也是一件令人作呕的事吗？令人痛苦得要吐。我可以讲述的只有这些事情。她今年不会有机会再穿它了，可怜的人，她的裙子，因为她不去她侄女那儿了。那将是明年的事了。我想不起来她对我说过些什么，为什么她不去了。我想是她的侄女婿挑唆她的侄女来反对她或是她的妹妹，她侄女的母亲，无法容忍她了？去年已经吵过几次了，阿波丝多罗夫人曾哭着向我们讲述这些事情。或是勒贝尔？

我已经说完了大杂屋。只是要强调一下靠着紫露草的是一个五斗柜，里面放了加斯东的照相簿。他以前总是拍照，现在少些了。有些晚上大家也翻看这些照相簿。

还要提一句埃拉尔夫人，她正沉迷于九柱戏。她和她的丈夫是我们的第三或第四批寄膳宿房客。或是第五批？他们住在二楼楼梯的右边。右边的对面。这很简单，他们的房间是从花园那边算起的第一间，在食堂的上面。丈夫是销售代表，五十岁左右。她三十左右，是他在一桩没有成功的长筒袜生意中的秘书。他们办了合法手续。由于她自己的工资不够用，她便做些布娃娃卖给盲人，他们再把这些布娃娃当作自己的产品出售。她总是说在中午前或在

94

午夜前还有多少娃娃要做。烦人，真是的。开始时他们两人中总是有一个肝痛不下来吃晚饭。这是为了让我们给他们减去一餐饭的饭钱。当加斯东明白后就要他们两人都下来吃饭，我们可以让他们赊账。这是寄膳宿公寓里唯一的例外。大家可以时不时地这里那里赊欠一点儿但不是长期的。我已经说过了。

再说一遍我正在寻找那张纸。

正当勒贝尔要我回房间的时候，玛丽从菜场回来了。她说天气很热，一干旱，蔬菜价格又涨了。我们已经不能每天吃牛排了，如果还要省去蔬菜，还能吃什么呢。面糊和大米？她还是买了一些茄子和西葫芦，考虑到人不是很多这几乎算奢侈了。她说这几乎是奢侈。她还说了些别的什么？她说她遇到了一位女士，那位女士告诉她如果缺用人的话，她可以为我们提供一个女用人，玛丽把她的电话号码记在了一张纸头上，她在包里寻找着那张纸，没有找到。真蠢，她说，总会用上的，我把它放在这里了，可我找不到它了。她把包翻了个遍，然后又搜寻菜篮子。那张纸在那里，在一只茄子下面。给，这就是。我说您看，人会把一张纸放到不该放的地方，或是随便乱放，然后就再也想不起来了。她说不是随便乱放，因为它在这儿，您对我说这些是因为您没有找到您的那张纸吧？您认为是我把它给扔了？您问过勒贝尔小姐了？我觉得勒贝尔向她递了一个眼色，我不能肯定但我觉得好像是。她们之间越来越经常这样做。我说那个女人是谁？玛丽说这是她的电话号码，然后她把那张纸递给了我。不是，跟您说话的那个女人。是管道工的一个女邻居。她添了一句，去他的我又忘了管道工。厨房里漏水已经有好几天了，加斯东告诉过玛丽不要忘了管道工。他每年都要来修这个裂缝。我把这个电话号码放在哪里了，万一出了故障它会有用的。为什么她要说这些？为什么她要拿上这个电话号码？她是不是也想去度假？我不敢问她。告诉加斯东玛丽的事。她问我是否对加斯东说过酒的事。还没有，他现在正忙着呢，过一会儿我再提醒他。她到厨房去了。那时会是几点？大约是十点半，她从菜场回来大约是这个时间。勒贝尔陪着她去了厨房，帮她给茄子削皮。我用一片树叶把绿椅子擦了擦然后在上面坐了一会儿。我想着玛丽的假期，她在谋划着什么。莫非她的侄女生病了？她经常生病，于是玛丽便去给她帮忙照顾她的孩子们。去年已经去过一次了。还有前年。玛丽是不是收到了一封来信？没有，否则她会告诉我们的。去年，当她不得不在夏季而不是九月走的时候，我一点儿也不高兴。加斯东也是。是勒贝尔承担了所有的事情，她指挥我们。她是否跟玛丽说好了？好让她在九月份以前走，于是她自己就能指挥一切了？不对。玛丽不可能跟她说好，即使这样能解决她的问题。幸亏，她们相互憎恨。但是为什么要拿这个电话号码呢？勒贝尔马上就说，我想起来了，事实上万一出了什么故障的话这会有用的。这是什么意思？特别是在出故障的时候是由她来指挥，就像去年一样？绝对要把这事告诉加斯东。酒、金丝雀、灯泡、故障。我可以取消金丝雀，这并不急。当她们在削茄子皮的时候我在做什么？我是不是待在椅子上？我想对，是的。那本《泰雷丝·纳玛》呢？我还拿在手里。我又想到了我可以利用考虑别的事情的时候来仔细察看地上。当勒贝尔没有注意我的时候，那就更容易了。我又想起了对面的邻居，现在让我心烦。这可能是个预兆。我常被一些就要发生的事情扰得心烦。我的线索应该就在这个方面。没有必要派丰丰去他那儿摸情况。我自己去。问问他是从什么地方搞到他的垃圾箱的。如果他不在花园里呢？我不能为此而按他家的门铃吗？为什么不呢？邻里之间又是假期里这不会惹他讨厌的。说讨厌。他对我说讨厌，您想说什么呢？我不知道他是不懂这个词的意思，还是他想说你在开玩笑。还应当考虑到这一点，不要一上来就把他难倒。现在还不必向他解释这个词，这会显得很滑稽，告诉他他可能会不高兴。说不高兴。在谈话的过程中。我补救着说，我没有打扰您吧，我希望我没有打扰您，他再次对我说，您想说什么么。那便是他明白并且使用了"您想说什么，您在开玩笑"这样的表达。奇怪的想法。如果别人跟我说话每次我都不明白，认为他们是在开玩笑的话，那么我的生活便会变得简单多了。我不怎么开玩笑。应当改变的是这类事情。一切都在玩笑中进行。这真的能使生活变得简单吗？难道我就不会寻思他们取笑的到底是什么，或者他们是否能弄懂我的玩笑？一般来说最难弄懂的就是玩笑了。这不是解决问题的办法。我放弃了稻草人和风信标，甚至垃圾箱。我横穿过去，往他的花园里瞟了一眼，他在那里，我们迎面相遇，我急中生智说您好。这简单得很。但还是应当赶紧想招。是的现在我想起来了。然后是天气很好呢？几乎是好过了头，应当时时刻刻给花浇水。他的茄子长得不好，它们在花园的顶里边，您看要提这么多的喷水壶真让我累得很。我碰运气地说，是的我知道，用人刚刚告诉我们说茄子的价格贵得惊人，吃它真是奢侈，所有的蔬菜都涨价了。谈话开头开得很好，并延续着。他觉得我是那

98

么讨人喜欢以至于奇怪我们先前竟不相识，然后他提议我们去喝一杯。他对我说，请帮我把小桌子从杂物间里拿出来。他的房子后面也有一个杂物间。我帮着他拿出了小桌子，然后他去厨房拿他的贝诺德牌茴香开胃酒。他拿着酒回来了，这时我干了蠢事。能喝上一杯贝诺德酒让我感到是那样地高兴，以至于脱口说道我并不经常喝这种酒。马上我就想到他会认为我们一贫如洗。为了弥补，我差一点儿说因为我受不了这酒。这会讨人喜欢吗！幸亏我嘴里冒出了加斯东的名字。他受不了这酒于是我们就不常买它。但从前，呵呵呵！我可以开怀畅饮贝诺德酒的那些光景！他喜欢我的坦率，感到非常地惬意，由衷地高兴。以至于我寻思是否应当提出帮他提喷水壶。这些要或不要做的、应当或不应当做的事，就是它们败坏了我的生活。从那时起我就再也没有这样高兴过了。我觉得贝诺德酒说到底并不是那么特别。他是否发现我有些局促不安？我再次陷入窘境，一边对自己说这毕竟有些让人扫兴，就这么一个本来可以让自己放松一下的机会，那些喷水壶还要来破坏我全部的兴致。不是那些喷水壶而是我的内心深处需要改变，但当时，可能是因为贝诺德酒，我却以为是喷水壶。我是那样地局促不安，最后我对自己说，我应当站起来，我应当离去，我不能再对他谈我的那张纸了。应当说的可能就是这个，为了改变气氛。我本来已经要对他谈我的植物学了，因为他可能对此感兴趣，我原来就想过作为一个单身汉傻瓜他会对此感兴趣的。真是该死。这个时候他的猫突然从厨房里跑出来了。我说喵喵想招引它过来。又一次发自内心。我抚摸着猫，心里在感谢老天，可能会重新开始。并且是非常简单、非常朴实、非常单纯地重新开始。我不需要绞尽脑汁了。他对我说，您喜欢猫？我说起我从未见过的埃尔维尔。他对我说我们的……我们的……他不知道该怎么说了，我们那个年轻的小伙子非常喜欢他的猫，他常来和猫玩。为了不在我们那位可怜的丰丰身上扯得太远我只说，呵是的，然后老天爷再一次拉了我一把，我本能地说这个地方有许多许多猫。他对我说您经常散步吗？我说我在树林里采集植物标本。好了，我可以谈论我的植物学了！我对自己忘记了不适感到如此高兴，以至于忘记了对他说我那张纸的事。我说着，说着，畅所欲言，不再那么注意，应当说不大留心了。我谈到了我们的生活，谈到了我与加斯东的相遇，并未明说腹泻的事，我谈到了我们购买木板屋，谈到改建工程，谈到水龙头，谈到亚麻油毡。他全都想起来了，瞧，甚至连在我们花园前至少十米远的地方陷入泥坑的那辆卡车都想起来了，我与加斯东去推了它，大家在后车轮下垫了一些木板，他本来完全可以帮我们一把的，但他当时正在洗脚，他从洗浴间的窗户里看见了我们，就是朝着街道的第一扇窗子。我想到那确实是洗浴间。他也有排水问题要找管道工，要换管子。他请的管道工与我们请的不是一个人。我向他推荐我们的那个，但他们都差不多，先得学好手艺。然后邻居再次对我说，我早就想认识您了，到后来我都不再抱希望了。您想想看，我不知道是否该告诉您，说吧，您想想看我曾认为你们很高傲，请您原谅。我说这真是很奇怪，您真的这样认为来着？他竟会有这样的看法！然后我添枝加叶。我说我们都一样，心想我说得太远了但管它呢，我难得跟邻居说一次话。还是我难得喝一次贝诺德酒？可能是这样。因为当他向我提议再喝一杯的时候，我没有说不。我知道我会说得太远，会让人知道我们的隐私，但我没有说不。听天由命吧。随它去吧。然后我谈了勒贝尔小姐，我们第一个房客的到来。他记得很清楚，甚至还记得她把一个手提箱忘在火车站了。这一点我并没有特别注意，因为她们全都把手提箱忘在火车站了。他还对没有结识我们的寄膳宿房客感到奇怪。很显然这是不正常

101

的，没结识那些男人们这可能是正常的，他们大部分人都有工作，但那些女人们，她们更喜欢聊天并且也没有什么事做。但是最后他对我说这是他的错，他太腼腆了。使他感到不安的是，他害怕我们的寄膳宿房客会认为他高傲。他什么都告诉我了，就这样。我对他说，您高傲？您在开玩笑吧？我会告诉他们您是最好的邻居，真的是最好的，然后您就会看到她们会来跟您说话。但可能他现在不想认识了？我是不是说得太远了？即使我问他，他也会对我说，您想想看，我一直想的，不过是出于礼貌而已。一直以来他没有跟他们说过话，他对此已经习惯了，因此他可能改变了想法。随着年龄的增长人们是会变的，他长了十岁。他大概有七十岁了。因此他可能预料到听了我的劝说后第一个前来跟他说话的人会是玛丽，而他恰好并不喜欢她？她是唯一他不想与之说话的人？但在第二杯贝诺德酒后我不那么担心了，我继续谈着我们的生活。唯一要高度注意的就是，不要说我们一贫如洗。我时不时看一眼我们房子的墙面，觉得它并不是那么难看，总之还过得去，别人不会猜想得到里面家徒四壁。在谈到我们的寄膳宿房客时，他说的是女士和先生们，这是一个吉兆。距离。第三杯贝诺德酒，第三杯还是第二杯？喝第三杯时我先是对

102

他说出了加斯东的名字，然后是所有人的名字。这些天一直待在花园里的那位又矮又瘦的女士就是勒贝尔小姐，她是地地道道的阿尔萨斯人，我说了，地地道道。买东西的那个女佣就是玛丽，她的侄女结婚了，她的侄女婿受不了她，她离了婚，她有胡子，您知道，很难看，您知道。苏诺夫人是厨师，她是个寡妇，有个女儿……她很少去看女儿，她还有几个侄女，目前她正在度假。他告诉我他曾看见她上了大客车。这种大客车真是方便，正好停在花园大栅栏门前，再好不过了。您享受过这种便利吗？他回答我说很少，我很少出门，它更多方便了我的访客。他有客人来访而我竟然不知道！是些什么样的客人，亲戚吗？是的，几个侄女。他有一个非常可爱的侄孙女，想想看在她那个年龄竟绣小布巾，她用词非常有意思，全都说错了，比如说刺绣，她说赤绣，说散步她说扇步①。便便她总会说吧。这是我添加的。那位还比较年轻的先生是韦拉苏，他在医院实验室当助手。还有那位有点儿胖、五十来岁的先生，说什么五十来岁，他现在该有六十了，十年前他是五十来岁而他的妻子只有三十

---

① 法语中刺绣一词为 broder，散步为 promenade，但因小女孩不会发〔r〕这个音，故说成了 boder 和 pomenade。

岁左右，埃拉尔夫人已经四十来岁了吗？可不是，只要算一算就知道了。那么这位结了婚的先生，我没有说他们补办了结婚手续，娶了年轻女士的人是埃拉尔先生。他是销售代表。他的妻子也就是埃拉尔夫人，经常做一些非常漂亮的布娃娃去卖。我也没有说是卖给盲人，谁也不知道什么时候会碰上什么倒霉事。另一位也上了年纪但个子很高、很干、脸色苍白，在度假时很像英国人的女士，就是官泰夫人，她的丈夫官泰先生，是那个又矮又总蓄着山羊胡子的瘦老头，而那位经常去钓鱼的红脸胖子是佩兰先生，对呀，非常开朗、非常好的一个孩子，您和他会相处得很好，他很容易开玩笑，这能使人精神振奋。我没有说他的玩笑会让人感到讨厌，总是那么一套，现在不是时候。甚至可能在喝了第四杯贝诺德酒，第三杯还是第四杯？第三杯，之后我想起佩兰的那些玩笑，会觉得它们很滑稽并会忍不住说这些玩笑令人厌烦？我觉得它们滑稽，太好了。贝诺德酒，多么意外的收获。我应当说服加斯东再去买一些。他会拉长着脸但是管他呢。如果大家都能喝上贝诺德酒就好了！那些令人作呕的晚上将会结束。或者不如说大家会呕吐但会知道是为什么。和加斯东说贝诺德酒。酒、灯泡、贝诺德酒。

104

他们出发去度假他都看见了，除了那个穿着花裙子的胖老太太。阿波丝多罗夫人，是的，没有，她还在，她今年不走，她和她的侄女或是妹妹开始不和了，她刚给自己做了一条裙子准备去那儿，可她没有机会穿了，不和是刚刚发生的，来信宣布关系最终破裂，这条裙子是在埃拉尔夫人的帮助下缝制成的，我弄错了，把年代搞混了，添枝加叶，差一点就要说如果这事发生在我们身上，给自己做了裙子而又不能穿的话，我喝醉了，开始胡言乱语起来，无法住嘴，谈起了自己的侄女们，总有一天她们会将我完全抛弃不管的，现在就已经跟从前不一样了，我无法再对植物学感兴趣，我会看不清楚那些东西，那我做什么呢，抓什么东西呢，紧紧抓住餐桌和椅子，就像瞎子那样，你看我是瞎子，我看到自己正从大杂屋向灵柩台蹒跚而行，加斯东已经死了很久，轮到我来核查发票了，可我什么也看不见，玛丽非但不帮我，反而尽把数字给我读错，故意的，她让我自己设法将账单记在一些我看不见的纸头上，我在吸墨水纸上写着，我困难地走去上厕所，一边想着已经死去的可怜的阿波丝多罗，我感到内疚，我本该帮帮她的，我听任她自己上厕所，这很痛苦真是可怕，我体会到了这一点，我摸索着到了抽水马桶，然后我不是

105

尿到了前面便是尿到了旁边，在楼梯里，玛丽大喊着老下流坯，你故意这样搞，她走来扇了我一个耳光，我的丰丰，我可怜的丰丰，他成了什么样子，我听任他挨耳光挨了一辈子，现在他在哪里？在医院里？他得了无法医治的耳光症？他整个人都肿了，全都变了形，他的眼睛——他那双傻瓜特有的温柔的眼睛，他的嘴巴，他那漂亮的头发都没了。

当我重新坐到椅子上时，我害怕她们两人中会有一个人回来并问我在做什么。我很快站起来，走过花园大栅栏门，上了街。里瓦尔家的那面墙挡住了我。我抬起头看着风信标，我对自己说我竟激动到了这步境地。我听见勒贝尔叫我，您到底在做什么呀。她从花园里看见我了，我藏得不够好。我回答说没干什么，您知道丰丰在哪里吗？然后我回去了。我在找丰丰，还有什么比这更合乎情理的吗？她耸了耸肩，坐下去说，您别走远了，茄子很快就要煮好了，您为什么不上楼去休息呢？这个疯老太婆是怎么了？她现在担心起我的健康来了吗？是什么事使她改变了心情？削茄子皮吗？和玛丽在一起，这就是了。她们闲聊过了，她们之间的憎恨并不像我想象的那么厉害，她们策划了什么事情。她显出很体贴的样子，是为了给自己后面要提出要求顶替的事做准备，这样她就会更容易说服我们不要聘用任何人，让她来做好了，就像去年一样，玛丽要走了。就是这么一回事，肯定是这么回事。要马上告诉加斯东，我又忘记了。明天一大早。我说过我不觉得累，在这样热的天气里大家在太阳底下都能睡着，您以为是什么天气，已经有五十年没有遇到过这种天气了，广播里是这么说的。然后我坐到她旁边的绿椅子上。躲避她，躲避了不知是一小时还是两小时，准备了一些漂亮话、托词、脱身之计以后，我竟坐到了她的身边！我无法解释。或者说唯一可以解释的便是她声调的改变。她在问我为什么不上楼休息的时候，语气并不是咄咄逼人的。这原本应当引起我的担心，她肯定和玛丽密谋好了，不过别，要特别地冷静。然后奇迹出现了，不是像我预料的那样，我真的很讨人喜欢起来。突然间没有了拘束，甚至没有了猜疑。我问她侄女的情况，问她鹳是否又回到了老地方，问她他们给她写信没有，问她是否真的要在九月初走。她停下了毛线活儿。又一个奇迹。她对我说是的她要走，说她很高兴，这能使她换一换想法。她的侄女刚刚生了第三个女儿，她可以去给她帮帮忙，孩子出生得正是时候。老大在五月份初领圣体，她有一张相片，午餐后就把它拿来给我看。老二非常可爱，她在绣小餐布，她的侄女曾给她写信说绣好了一个准备送给她，给她一个惊喜。这些小姑娘，如果没有她们，我真不知道成了什么样子。我还有什么念想呢？噢我很清楚几年以后就会不同了，她们会跟我疏远，她们会不喜欢我了，只要一想到这点我就感到害怕。我的侄女非常好，但您是知道的，她的丈夫也就是我的侄女婿，当我不在那儿的时候，把我说成是疯老太婆，我知道这一点，我不告诉您我是怎么知道的，但我知道。他觉得我在他们家住一个月使他们的预算负担过重，觉得我把一些不好的习惯带给了小姑娘们，以及这啊那的。他很快就会挑起我侄女和我的不快。到那个时候小姑娘们就不会再喜欢我了。就这样。我对她说不应当把一切都看得太悲观。她的侄女婿会改变的，特别是今年他会清楚地看到，她大大地分担了她侄女的负担，他会因此而感激她的。上帝知道您说得对，她说。但还不止这些，还有我的妹妹，她讨厌我。她住得很近，只要看见我去了，她就气得发疯。我说小姐。我不知道我说了些什么。我大概说了那些对阿波丝多罗说过的话。有一会儿我们讲到了苏诺夫人，她对我说我应当告诉她要常换围裙。她不敢说，她。这话该我或加斯东说。我说我要把这个记下来，她回来后我会对她说的，这有点儿敏感，但我们会

108

处理好的。慢慢地说到了洗衣机。这事使我提心吊胆。我开始冷淡下来。这会变得一天比一天糟。当其他人回来后跟他们就只有这个话题了。冷淡。我对自己说我们行动起来吧，换个话题。我重新提起绣餐布的侄女但火候已过。我又谈起鹳，一回事。她总是回到洗衣机，回到这笔开支，她认为这样做不明智。冰箱不必说，您看看今天早上的奶油，还有那些破菜，在这样热的天气里存放不了两天，土豆就不用说了。我又说冰箱只用得上两个月，而洗衣机就不同了。就好像我对洗衣机很感兴趣似的。我觉得支持加斯东更合适一些。为了转移她的注意力，我说我又考虑了您曾对我说过的关于花坛的事，我们可以种一些旱金莲，我们可以把它们扎成花束，您觉得怎样？她回答我说，只要不是这么难看的空花坛，随便种什么她都会高兴。她只要自己去买些种子来种下就可以的，这个蠢货。丰丰从田间采回来的那些可怜的花束，它们把我的心都撕裂了，而其他的人对此却不屑一顾。甚至那么喜欢大自然的勒贝尔也是这样。他在春天采摘茎干长短不一的黄花毛茛、雏菊，还有一些不一会儿就凋谢的其他菊花、菊苣以及一些我连名字都叫不上来的非常难看的小蓝花。我曾试图用我的植物分类法去查找，书上时时刻刻要我根据花瓣的数

109

量、叶子的形状、所有其余的部分参照某个号码，我每次查到的都是兰科植物，但这不可能是兰花。是的，丰丰的花束。我只得要求大家允许他亲手将它们放进花钵里，并放到桌子上。寄膳宿房客们不得不服从但他们冷笑。而我的丰丰不管怎样大概对此有所领悟，因为有一次，我带上他和我一块儿去采集植物标本，他给我采了一些花。他跑在前面，到他熟悉的地方，给我带回来很多花，并对我说我给您采了一些公铃包①，因为没有人喜欢我除了您。

一些公铃包。

然后我对勒贝尔说……

我累了。会过去的。这篇报告简直会要我的命。我应当加快速度，可我没有这个习惯。

我对她说，明年我们要重新油漆房屋。我已经跟加斯东说过了。那么最好是，对她来说，在假期里弄。告诉侄女她要去她那儿过七月和八月。为您好，为了使您不至于被施工、气味所烦扰。我想我们，我们不能让她时时刻刻在加斯东和我跟前碍手碍脚的。她对我说，我刚刚告诉过您我侄女婿的那些事，您还这样说？我甚至不能肯定明年九月还能不能再去那

①　此处法文原文为 companiules，但丰丰想说的是 campanules，即风铃草。因他呆傻，故发音不准。

儿。我再次对她说不要担心，一切都会解决的，要记着通知她的侄女。您知道已经有十年，我们没有上过漆了，十年，十年过去了。为了打动她，您还记得您搬来时的情景吗？您把一只手提箱忘在火车站了。这是真的，她说。还有您的房间全是蓝色，非常清新，它不是挺让您高兴的吗？现在大概全褪色了。这是真的，有一些霉斑，我曾试过用肥皂水把它们擦掉，但墙纸褪色了，踢脚板都很脏，还有门也是，我已经看够了，不要涂成浅灰色，把那些门，把所有的门，全都涂成米色。我说这种颜色很快就会变黄，没什么好处。那您的灰色呢，您认为它没有变黄吗？

再说一遍，我是一个诚实的小伙子，没什么远见。

现在该是几点钟了，是不是马上就要到中午了，我们把它吃了吧，那些茄子。

没有，现在还不到中午。我对自己说还不到中午，为什么她要告诉我不要走远，说茄子就要煮好了？她看到我没有戴手表。但我总可以去厨房，或是上楼回房间看闹钟吧？她了解我。她知道如果我去了那些地方，我就会忘记了我是去看时间的。而我宁愿到房间里去看时间。为了让自己泡在那里，并一直待到中午，一直待到她叫我为止。她怎么会知道我不会问

111

她时间？我就说一说她是怎样知道的。她知道我很谨慎。问她，对了几点钟了，这便是不相信她对我说过的话，茄子就要煮好了，我是不敢问她的。既然她想把我打发回房间去，那我就不回去。我站起来，朝台阶的方向走去，以便给她一个假象，然后我又折回来走向杂物间。我瞟了一眼，看看她的表情。这些报复性的小动作很不好，但我只有这样做。我只有这样做，才能让自己平静下来。我觉得这会让我冷静。到了杂物间后，我不知道来这里该干什么。我已经全部仔细地察看过了。那就再来一遍吧，为了让勒贝尔难受。这也是一个诱发奇迹的办法。我一边寻找一边对自己说，让勒贝尔难受是一个让自己忘记在找东西的办法。

我没有马上出来。我又置身其中。看着那只玩具青蛙①。我想起了我和加斯东还有其他人玩的时候。那是在七月星期天的晚上。那时我们多年轻！可以一连玩上几个小时却投不中这只青蛙。很少有人能把铁片投进去。我们是否还邀请了一些人？让我想一想，我觉得这很重要。是的，还有别的人。邻居们？还是侄女

---

① 青蛙游戏：将一个大张着嘴巴的玩具青蛙放在离游戏者一定距离的地方，游戏者朝它嘴里投掷圆铁片，投中者为胜者。

们？他们邀请自己的侄女了吗？我印象中好像有很多人，并且是年轻人。他们的侄女，是的，那个时候他们还没有侄孙女。十年以前的侄女。我好像看见了一些年轻姑娘。主要是些很丑的姑娘。她们的头发油腻，还长着痘痘，随时准备挤出笑脸。是的，是有一些年轻人。是的，我们是邀请了人，我们并不总是时时刻刻只和自家人待在一起。为什么我们没再这样做了呢？是因为由此而引起的费用？肯定不是，这里那里一杯糖汁，一小片饼干。特价店里的饼干就行了！我又看到了这些东西。它们几天就软了，一盒饼干还没吃完大家就腻了。是不是就因为这个我们不再请客了？为了不必去购买这些饼干，不必将盒子里剩下的浪费？问一问加斯东。我感到一丝不安向我袭来。可能是我的缘故，大家不再请客了？加斯东非常清楚，投不中青蛙，闻到年轻姑娘身上的汗味，听着大家谈论不吃的饼干要听半个月，都使我感到很不舒服。他知道这一点，于是他就停止了这笔花销？久而久之，他难道不会在无意之中，受到一个总是让人扫兴、死气沉沉，总是制造麻烦、时时刻刻大煞风景，很难跟上形势的人的影响吗？这一点我得知道。我们的寄膳宿房客可能受到了影响，渐渐地，然而并不知道这影响来自于我，还继续对我微笑，引诱我。因为那时他们还笑呢。然后渐渐地他们不再留意我是否高兴，而我已经变成了一个死气沉沉的人，开始传播尸臭，不知不觉，开始就像一个小小的屁，人们不知道它是从哪儿来的，人们忘记了它，但你看它又来了，继续放着，这一次人们发现了那个人。这个比喻并不准确，因为我这个事情，他们并不知道，他们从来都不知道臭味是从哪里来的。他们这些可怜的人，知道的就是请客越来越少，然后从某一天起就再也没有了。但愿是我错了。但愿这个解释不对。但愿这件事还没有让我受到良心的谴责。但可能它已经使我受到良心的谴责了。就算他们也有可能厌倦了，而那些佳女也烦透了和这些老家伙们投青蛙，投也投不中。但愿如此。她们长大了，她们在别处找到了其他青蛙，特别是还有癞蛤蟆，她们投中了一些流着口水的癞蛤蟆，这些癞蛤蟆让她们有了小家伙，然后你看，她们结了婚，而家庭式膳宿公寓成了她们童年时代的往事，她们再也不愿意回想它了。但愿是这样。

振作起来。

我又走出杂物间。勒贝尔已经不在她的椅子上了。就像上次一样。但这一次为了使她不愉快，我至少发现了某样东西，这只青蛙和随之而来的忧愁。我的收获一般来说，就是我回想起来的一些伤心往事。我再次对自己说，她去尿尿去了，或是去拿另外的毛线针去了。我去了厨房。我没有看闹钟上的时间。我问玛丽她是否想到了奶酪。她肯定地告诉我，我想到了，我并不指望您来提醒我该做什么。她的意思是不是说，我在她去菜市场之前没有提醒她，还是她想让我相信我没有提醒过她？这很容易使我慌神。为了辩解，我说事实上加斯东先生提醒过您。她说，这就是我现在指望加斯东先生的原因，还能指望谁呢？勒贝尔小姐吗？当您跟她在一起的时候？她生气了。我换了话题，我问她看没看见我的《泰雷丝·纳玛》，我大概把它丢在什么地方，找不到了。您的什么？我那本关于泰雷丝·纳玛的书，我刚才还在花园里读它来着。她对我说她没有习惯来查实我看的是什么，并且还是那个泰雷丝，一个满世界的小说里都有的那类下流女人。她生气了，我走了出去。为了避免那些本来必然会发生的不必要的麻烦。我去了大杂屋看看我是否把《泰雷丝·纳玛》放回去了，它不在那儿，我又回到花园，也没有。要找的还有这个。可我总不会把它丢在大街上吧，在我躲避勒贝尔的时候？我去看了。加斯东会大发雷霆的，得在找到我的那张纸之前找到它。我又回到了杂物间，到处察看，桃叶珊瑚中，我是否在找那张纸的时候把它放在这里了，大杂屋的花坛里，食堂的花坛里，什么都没有。勒贝尔这时又下楼来了，我问她见过这本书没有，她对我说，没有，您在台阶上时不是还拿着它吗？您刚才读的不是它吗？我回答说，是的是它，当然是它，我很清楚，我刚才还拿着呢，因此我才问您，如果我不知道的话我为什么要问您呢？我发火了，不应该这样。我又回到大杂屋，它只可能在大杂屋。除非加斯东路过时拿了它？他在哪里？加斯东。我回到了食堂，他不在那里，他大概在房间里。我对自己说，别去找他，如果他没拿，他会发火的。我待在食堂里。玛丽来摆放餐具。大概是在这个时候，她对我说了酒的事。她摆好餐具，在放酒瓶的时候她说，地窖里只剩下三瓶酒了，告诉加斯东先生去吧。因此我没有为酒的事去地窖。只为我的那张纸去了那里。如果我在那个时候想到了马上回地窖去核实一下有多少酒，我就可能会找到《泰雷丝·纳玛》了。我是后来才去的那里，但已经太迟了，如果它在那里，丰丰完全有可能把它拿走，然后就再也不知道，他会把它放在哪里。明天问问他。玛丽摆好了餐具。她要我把围椅推到窗户边免得挡路。这把围椅总是被移来转去的，它的位置在餐桌和窗户之间，要坐它的时候便把它移来移去。我坐在上面傻傻地想着要订购九度的酒，不要忘了告诉加斯东。我对自己说我更喜欢十一度的。我站起来，拿上我的酒杯倒满了九度酒，非常认真地尝了尝。我不愿意让玛丽对我说，好吧，午餐前您就喝得酩酊大醉吧。我品着酒，一边用舌头咂着上颚弄出声响，一边很果断地说，我在考虑我们是不是订十一度的酒，这九度的酒我不喜欢。她说，至于我，我同意您的看法。显然她早就猜到了，我们在为洗衣机的第一笔支出节省开支，而她一点儿也不想要洗衣机，那样开洗衣机的工作就会由她来做了。再一次为了维护加斯东的决定，我一边用嘴巴再次弄出声响，一边又给自己倒了一杯酒说，不过说到底它并不是那么难喝。这一次她没有放过我。好一个借口，为了在午餐前喝得大醉。管她知不知道我在中午十二点差一刻以前不胜酒力①，她的这个提醒我已经预料到了，但我不喜欢。我说玛丽您夸大其词了，一点儿九度酒。正好是我不想说的话。我本想对她说，管自己的事去吧，注意自己所说的话。她继续摆放餐具，带着一丝不怀好意的微笑。她大概在对自己说什么。她大概在猜想不一会儿我就会喝成酒疯子。在中午十二点差一

① 法国人一般在吃饭时喝酒，酒鬼才在上午喝酒。

117

刻以前我不会喝醉。可能在这之前？十一点？八点？任何时候？她怎么能猜到这一点的？她了解我。她清楚地看到我解决不了这些问题，而这些问题最后总是消失在劣质酒之中。她是从她喝酒的丈夫那里对此略知一二的。他打她，就是为这个她离了婚。他打她打得对。我甚至不能想象他是怎么和她一起生活的。她的女儿也不能和她生活在一起，因为她在街上拉客。这样的人都是坏蛋，他们本该被扔进集中营的。煤气室，大胆些。然后把骨头拿回来做扫厕所用的扫帚柄。我很激动，但确实一直以来她让我烦透了，难道不是因为她我才要找那张纸吗？

再说一遍我在找那张纸。

不要落入粗俗无礼之中。这于事无补，并且有可能走样，我控制不住自己说些自己并不想说的话，我添枝加叶思路中断。在街上拉客的是苏诺的女儿。玛丽出去了，我拿着九度酒留了下来。我懊悔这么早就开始喝酒，不可能，已经到中午十二点差一刻了。这时我看见丰丰回来了，他走过花园大栅栏门。勒贝尔抬起了头。耳光不远了。他肯定不记得他今天早上忘了搬椅子，另一位只需叫他一声，一旦伸手够得着的话，啪。我不想这样。我马上喊了丰丰，然后走到窗前。他告诉我说，他看见一只鸭子在河里，他试图拿石头捉住它，可鸭子已经游走了。我告诉他不应当像这样时时刻刻扔石头，你是不是认为这样会让鸭子高兴，你愿意挨一石头吗？他回答我说他不是鸭子。我对他说和我一起到大杂屋去，我们去看图片。勒贝尔什么也没说，她等一会儿会打他耳光的，但至少我看不见。我带着他一起去了大杂屋，我拿了多雷画插图的《堂吉诃德》，总是这一本。我们每次都从头开始，每次都同样地高兴。丰丰每次都在同一些地方激动起来。当堂吉诃德把刮胡子用的盆扣到头上的时候，他便哈哈大笑。当桑丘在树林里害怕的时候，他也笑。因为我对细节稍作了一些发挥，如果可以这么说的话。屎一样的故事确实是意外的收获。顺便说一句，我在寻思人们为什么要绞尽脑汁讲述一些稀奇古怪的故事。只有这些故事能让我和丰丰发笑。还有当堂吉诃德把他的屁股扒出来给桑丘看这段，我们肯定会捧腹大笑。看了一阵子后我对他说，你自己接着看吧，我走了，注意不要揉皱了书页。我朝书架走去，看看我是不是真的没有把《泰雷丝·纳玛》放回来。我查看了书架所有的架子。我不再注意丰丰，他拿着书站了起来，并走近我要问我什么事情。我在书架的尽头，右边。丰丰站在五斗柜的前面，离紫露草几厘米远。

我正站在小梯凳的最高一个阶梯上，当他问我的时候，我回过头来不知道怎的，在下梯凳时，一脚踩空就摔在了地上。丰丰拿着《堂吉诃德》，挂到了那盆紫露草，紫露草从他头上摔了下来。真是糟透了。花钵碎了，泥土撒了一地。勒贝尔从花园里叫道，又发生什么事了。我叫道，没事，什么事也没有，您忙您的吧。她还是来到了窗前，她都看见了。我说，您看真的什么事也没有，只要把这里的紫露草和泥土换个花钵就行了，丰丰，把你的书放到桌上去。他的两只手还紧紧地抓着它，为了不把它揉皱。把它放到那儿，然后到杂物间去给我找一个花钵来，就这么大的你看，我们别紧张。他去了。这对勒贝尔来说是个扇耳光的机会。这盆紫露草养十年费了些力气，这么难看，又全摔碎了，不如把它扔了，你们从来就不会干点儿别的什么，您和您的那个傻瓜。她进来了，补充道，去给我拿把铲子和小扫帚来。我不喜欢她的语调，再一次地。当别人遇到麻烦的时候，人们自以为不能没有自己，而他们恰恰不是必不可少的人。这种情况几乎总是发生在女人身上。消灭女人。我去厨房拿了铲子和小扫帚。玛丽对我说又出什么事了，她什么也没听见。我说没事。她还是来看了看。她和勒贝尔她们非常兴奋。如果继续这样下去

120

的话，那就会只剩下墙壁了，昨天是我的茶杯，前天是有盖的大汤碗，他会说什么啊加斯东先生。我说还有我呢，我会说什么呢，又不是我打碎的这盆紫露草。我犯浑了，打了丰丰的耳光，我来弥补。即使是我，加斯东对此又能怎样，我是在自己家里，不是吗？谁？你们认为会是谁来赔偿这盆紫露草和茶杯以及别的东西，可能是加斯东吧？我等着，然后加斯东来赔偿打碎的花钵，可能是这样吧？而这棵紫露草并没怎么样，你们看，我把它捧在怀里，就像捧着个娃娃似的，折断了一根小枝，这个小东西，当勒贝尔收拾泥土的时候，我来给它换个花钵就行了，扯出这么一大堆话来，即使它难看我也……你们听着，我决定不换掉它，它很丑，十年来它一直在我们眼皮底下，加斯东也不喜欢它。这不是真的，而她们也知道。玛丽说等着瞧吧，带着她那难看的微笑，转身回厨房去了。丰丰拿着一个大得多的花钵回来了。勒贝尔说我来吧，我说不用，让我来吧，您回去打您的毛线去吧。她耸了耸肩，把沾满泥土的铲子放在地上，出去了。丰丰哭了起来。他说，婊子勒贝尔。我对他说，你闭嘴，我不想听你这样说，擤擤鼻涕，给你我的小手绢。他胡乱地擤了擤鼻涕，没有擤该擤的地方，我的小手绢已经满是鼻涕了，我都不知道该怎样才能把它折起来，弄成干的球团，再放进衣袋里，我把它放在了五斗柜上，然后到杂物间去找花钵。我拿着大小合适的花钵回来了，而丰丰还在反复说着，婊子勒贝尔。我对他说，闭上你的脏嘴，你听见了没有？她是有点儿神经质，但她不是坏人，她给穷人织毛衣。每当他说婊子时我都要对他说这些。我还加了一句，你最好当心点，你今天早上又忘了她的椅子。我给那株植物换好了花钵，别人看不出来它有什么变化。丰丰想给它浇水。我对他说，别，你接着看《堂吉诃德》，我自己来浇水。我到厨房去打水。玛丽对我说茄子就要煮好了，已经煮了一刻钟多了。那么当时就是中午十二点差一刻了。我拿着喷水壶回到大杂屋，给那棵紫露草浇水。我想起来我对丰丰说过，这是在给它喝开胃酒。然后我把喷水壶放在五斗柜上，去食堂给自己倒了一杯九度酒。我端着它回到了大杂屋，我看见水壶和小手绢都在五斗柜上，我对自己说，别忘了把它们拿走，加斯东会大发雷霆的。可是他在哪里呢？加斯东还在他的房间里吗？这不可能。让我想想。当我寻思他在什么地方的时候，我说到哪里了？而我又在哪里？可能在花园里。近十点的时候，玛丽从菜市场回来以前。她是在近十点半时回来的。我在近十点时去了食堂吗？那个时候勒贝尔应该从她房间下来了。我说过她直接去了花园。我在哪里呢？在花园大栅栏门旁边？我想起来我说过，我回到了大杂屋而加斯东在清理发票。不对，那是在八点，我下楼喝茶的时候。然后我大概简单地认为，他还在那儿，而那时我可能在杂物间。为什么我要寻思他在哪里？我弄不清头绪了。这不重要，越来越不重要了。迅速前进吧。这没让我想起当我给那盆紫露草换花钵的时候，当我喝开胃酒的时候加斯东在哪里。他是不是出去了？当我在地窖里的时候？从杂物间我是可以听见他出去的，但从地窖里就不行了。他完全有可能出去了而勒贝尔却什么也不告诉我。对了。他在为阿波丝多罗找一本侦探小说，这我看见了。这大概是在我第三次下楼时，当我对自己说应当寻找，同时忘掉自己是在寻找的时候。坐在台阶上装作读书的样子，避免勒贝尔问我问题，并且可以随时看一看砂石里有没有那个纸团。是这样。大概是几点？可能是近十一点的时候。因此加斯东应当是在这之前出去的，不然他得从我身上跨过才能出去。至少要从坐在最下一级台阶上的我的身旁走过。不管怎样这是很重要的，它让我想起了我在找那张纸，而我竟有将它忘掉的趋势。问加斯东他是几点出去的。他可能会告诉我他没有出去，但我至少

123

会努力去回想。不要任着自己的性子来。不要对自己说这不重要。阿波丝多罗呢？她也没有待在她的房间里。她没有生病。她生病了吗？没有，她和我们一起吃了午饭。她那时在哪里呢？反正她不在花园，这我知道，花园里只有勒贝尔。我在食堂里看见她了吗？可能我在玛丽摆餐桌之前就到了那里？我肯定去了那里，为了给自己做面包片。但是应该更早一些。是的，玛丽在去菜市场之前，用破玩意儿来羞辱我，在近九点半的时候。但阿波丝多罗在十点半以前不会下楼来。当玛丽收拾她房间的时候，她一般坐在走廊的那张小围椅里。除非她在这之前下了楼？这让我感到奇怪。她应该在十点半多十一点时下楼的。那么我不得不愚蠢地告诉自己每当我去大杂屋时，她都要在食堂里遮遮掩掩的，反过来也一样。对加斯东也是这样，如果他没有出去的话。这是站不住脚的。我本不该马上说出这些名字的，我知道这一点。

保持冷静，我们不要激动。我喝了九度酒，现在是中午十二点差一刻了，我寻思加斯东在哪里。我在这个时候琢磨过这个吗？还是仅仅是刚才才想到这一点的？是的我想过这一点，同时还告诉自己，不要忘记从五斗柜上拿走小手绢和水壶。我大概问过丰丰看没看见加

124

斯东，看没看见阿波丝多罗夫人。丰丰从来是什么也不知道的。我做了什么？我喝了酒。我看着丰丰接着读《堂吉诃德》。我无意识地盯着那个笨重的东西，墙上的斑点，欧仁妮。欧仁妮。我想起来了。有一次加斯东曾要我把雕塑拿下来试试，用它遮住斑点。是他在找侦探小说的时候？我朝欧仁妮走去，我站在那个笨重物体的上面，我够不着雕塑，我对自己说我需要小梯凳，把笨重物挪开，将小梯凳放在那儿。丰丰问我，您在做什么。我对他说，不做什么，我要把这位夫人挪开但不是现在，今天下午。要想马上再打碎什么东西的话，这就足够了。玛丽叫道吃饭了。我想不起来加斯东那时在哪里，也想不起来阿波丝多罗在哪里。

然而他们都坐在餐桌旁了，既没生病也没走远。她完全有可能今天上午不大舒服下楼来吃午饭。而加斯东则完全有可能到大杂屋给她拿侦探小说，供她一直消遣到中午。不过我们别再回到这上面来了吧。

坚持下去，抓住不放。

我们都坐到了餐桌旁。丰丰忘记了洗手，我对他说快去洗洗手。勒贝尔说，当然不是要他一边看图画一边洗手。我们总是喊丰丰去洗手，而我们是不洗手的。不管怎样我是这样。说到底这相当令人恶心，我整个上午总在尿

125

尿，到了中午我切面包。但这种事大概到处都有。在所有吃面包的家里。要人命的不是这个。那可就太美了。丰丰回来了，勒贝尔对他说，把手伸出来给我看看。那双手并不干净。她让他再去洗。我对她说，还是不要太夸张了吧，我们总不能时时刻刻跟在他后面，最后他会变得乖戾的，我们就再也不能这样支使他了。她说这不会有什么改变的。阿波丝多罗夫人打开她的餐巾说道，这不是我的，这是官泰夫人的，我认出她的口红来了，为什么还不把它们放到脏衣物堆里去呢。这时玛丽进来了，她把盘子放在餐桌上。阿波丝多罗要玛丽把她的餐巾给她，您把官泰夫人的餐巾给了我，应当把它放到脏衣物堆里的。玛丽把她的给了她，把另一条餐巾放进了抽屉。丰丰又回来了。我告诉他坐在我旁边，并不是位子不够，我们只有五个人。在一年其余时间里，我们是十一个人。十一张咀嚼的嘴。在我左边是佩兰，我们分别坐在椭圆形餐桌顶头的两旁，这张桌子是我们在拍卖行里找了很久才找到的，加斯东硬说一张椭圆形的餐桌比一张长方形的餐桌能坐更多人。

佩兰左边是官泰先生。他在屁股下面放了一个坐垫，为了使自己在夫人旁边不至于显得太矮小，但这并没有什么改变，她超出他一个头，不再是一个半头。在他们俩人的餐具之间放着他们的药，他们俩人总是搞错自己的药盒或药管，每天都有麻烦，她的眼镜不见了，他什么也看不见，尽管有单片眼镜，他把药管拿到鼻子跟前，而她则把药管拿开，最后她把它递给我，问我说，这是我的吗？官泰先生做事总是那样杂乱无章。她在说到她丈夫的时候总是说官泰先生，并且在公共场合他们总是以您相称。我知道他们在房间里是以你相称的，不是我在门口偷听，而是他们的声音很大。特别是早上。官泰发火是因为他找不到自己的裤背带或圆框眼镜或小手绢了，他转来转去，在房间里的各个角落放屁，往坐浴盆里吐痰，她也发火因为他妨碍她玩纸牌占卜。每天早上官泰夫人都用纸牌占卜。她说尖，老A，Q，而这时官泰正在一个角落里放屁。我的裤背带，他说。J，十，什么？你说什么？我的裤背带，我不知道我的裤背带在哪儿。十，九，八，你看壁橱里没有？另一个在往坐浴盆里吐痰，我猜想至少是坐浴盆，因为他弄丢了他的小手绢，而盥洗盆里总是装满了官泰夫人的内衣，我是从玛丽那里知道这些的。它不在那里。你看了床底下吗？尖，老K，我说什么来着，我说到八，八还是七？七。尖，老K，Q，另一个叫道，这里也没有，你又把它们放到哪里去了。官泰夫人发起火来。你总得让我安静一下好不好，我全都搞错了，就是因为你的裤背带，别打搅我，J，十，见鬼，失败了，说到底是你的错，你只要知道你把你的裤背带放在哪里就行了，而我的占卜却失败了。他问她想算什么。她却想不起来了。我今天应不应该去理发店。我说没说过我该去还是不该去，我说什么了？然后她重新开始用纸牌占卜，直到她应该去。此外我不知道理发师怎样给她做头发，她梳着从前的发型，头发盘在脑后梳成扁平的发髻，前面梳两绺环状鬈发，两边的太阳穴各一绺。

总之官泰旁边是他夫人。官泰夫人左边，是阿波丝多罗夫人。她背对着窗户，几乎总是要求大家把窗户关上，甚至在七月。她说引起风湿病的就是穿堂风。她一直以来都在避免吹穿堂风，她最好试一试吹吹穿堂风？说不定这样会治好她的风湿病？她对玛丽说，请您在出去以前关上窗户好吗，但愿这些先生不会抱怨我，不过我的风湿病您是知道的。我们都已经只穿着衬衫了，还是在出汗，但我们什么也没说。然后她说别人对她说过，一位女士曾告诉过她，现在在这个地区有一些金丝雀死于舌尖表皮干燥症。你们认为这会不会传染？是流行病吗？我该对我的金丝雀做些什么？给它接种疫苗吗？我能做些什么？我非常担心。加斯东说他不知道，我也不知道。勒贝尔说这些仁慈上帝的可怜造物，我得去打听打听，您说的是舌尖干燥症吧？好像是的，舌尖干燥症。我给自己斟满了酒。刚刚尝了尝菜的加斯东说，这是什么呀，大杂烩？勒贝尔说不是，清煮茄子。加斯东说，清煮？我不知道该对您说些什么，她没有忘记胡椒。每次加斯东总要说点儿什么。我对他说，给你，喝吧。然后把他的酒杯斟满。再吃点儿面包心，勒贝尔说。如果您的舌头感到很辣，吃点儿面包心，在我看来调味品加得很好，这些东西应当味道重一些，我和玛丽想试一试换换口味，不像往常那样把它们与西葫芦拌在一起。您真的感到舌头辣了吗？加斯东说，没有。为了摆脱这个话题，这类谈话使他感到恼火，而谈话最终又落到了我的头上。

　　阿波丝多罗的左边是韦拉苏先生。他四十来岁，是膳宿公寓里最年轻的一位。他非常有礼貌，非常爱干净。有的时候他从医院里回来，身上还带有一股淡淡的药味，有的时候还多多少少掺和着另一股味道，大概是，我不知道为什么要说这个，守节的味道。大家应该领会到我的意思了吧。我们公寓里只有一个洗澡间供所有人用，并且省去了热水，我们总不能把时间都花在洗澡上。我想我记得淫荡的气味并不一样，或是不管怎么说淫荡使人更想洗澡。除非我完全是在胡说八道。总之，韦拉苏。挺好的小伙子。他有时做些关于某个专题的准备工作。当他对我们感到特别厌烦的时候，晚上便在房间里进行这项工作。但我能够说的是，坦率地说，在讨人嫌这方面，他并不比我们好多少。他不参与任何交谈，在任何事情上都没有一点儿主意，除了喜爱音乐。他总是热情地称赞埃拉尔夫人。

冷静。我进行得太快了。

吸气。

看看窗外，七月那美丽的夜色。

我还能闻到还未散去的肉焦油味儿。栗树拖着黑灰色的树影。里瓦尔家的房子就像座宝塔，不过是郊区的宝塔。

我写这些是多么蠢呵，这有什么用。不要再问我这个了。

贫困是多么可怕，公共生活，心都萎缩了。仇恨在酝酿之中。它们从不爆发。是的，小小的唾沫。几句短小凶恶的话。我被卷入其中。要摆脱它已经太迟了。年轻时我曾有过向往。我还没有说到它。我爱好绘画和音乐。当我与加斯东重逢时，我对他坦陈了一切。他能理解，他对我说一旦安置下来，我将有的是时间专心于自己的爱好。后来确实有的是时间，但我什么也没做。幸亏我有了搞植物学的这个念头。要努力找到丰丰那朵小花的名字。

如果要我坦率地说出，除了义务以外公寓里让我留下来的最大原因，我就会说丰丰。一想到勒贝尔可能会使他变坏，我就想杀了她。镇静。我的余生要用来照顾丰丰。

又想起加斯东也同样让我难受。他老了。十年以前他还有几分风度，真的，那时大家称他为绅士。自那时以来发生了多大的变化呵。他就像，我不知道，一个退休的上士。不合时宜的某个人。沙丁鱼罐头盒里的昆虫。不合时宜的人，对。一个难民。一个像阿波丝多罗一样的难民，总之就跟我们大家一样。眼睛里有种茫茫然的、走投无路的神情。用词不准。悲哀的神情。特别是当他笑的时候。

韦拉苏的左边，也在圆桌的顶端，是加斯东。餐桌离餐具桌太近了，经常需要韦拉苏帮玛丽一把。餐具桌位于窗户右边的角落里。周围的墙上满是油污。上方悬挂了一幅弗拉芒风格的油画，一些割喉宰杀的鹅和一些洋葱。依我看这是我们的画中最难看的一幅，但加斯东却很珍视它，说是有餐厅的气氛。我尽可能地不去看它。其他的画或是在大杂屋，或是在卧室里，也都不好看，它们都来自拍卖行，或是

来自加斯东的老祖母，但至少它们还有几分可
爱之处，或几分浪漫的气息，一些小肖像画，
小风景画。大部分是雕塑。我希望可以不用描
述它们。加斯东的左边是埃拉尔先生。这是一
个相当高大的家伙，抹了发膏的灰色头发梳向
后面。我忘记说他和韦拉苏吃午饭时都不在
家，只有晚上才回来。韦拉苏中午在医院里吃
饭而埃拉尔要上门服务，他有时连晚饭也不回
来吃，在晚饭过后才回来，当他必须在很晚去
见客户时。每当他在我们上楼以后才回来时，
我总是能从房间里听见他回来的声音，或是我
那时又下楼去检查煤气和百叶窗，这时就能在
走廊或是在楼梯上遇见他。我不停地对自己说
应当丢掉这个习惯但没有办法。埃拉尔总是很
有礼貌，很谦让。他看起来特别愚蠢，由于他
的大鼻子和他那凹陷的嘴巴，以及一个几乎看
不见的小下巴。这种面孔最不讨人喜欢了。他
应该试着留胡子，但他可能会想，那样的话他
看起来就更显老了。随着年龄的增长，他与妻
子在年龄上的差异便更加突出。在餐桌上他坐
在她的旁边，他妻子的旁边则是坐在我右边的
丰丰。佩兰先生和官泰先生都退休了，他们一
日三餐都和我们一起吃。佩兰的时间都用来钓
鱼或是去看电影，或是去酒吧，而官泰我不知
道他干什么。反正不会是钓鱼。佩兰到我们的

那条小河马努去钓鱼。河底有许多水草，可能是因为下水道的关系，还有漂浮着的菜根和卡在柳树间的死老鼠。在岸边这儿那儿有一些灯芯草，在岸上那些还比较潮湿的地方，有少量的木贼和需要水的植物。我对树林里的植物更感兴趣一些。我去离小河相当远的菲雷树林，在河的左岸。右岸是山丘，山丘上先是长满了草，相当美丽，然后渐渐干枯，满是荆棘和死树。一条经常让我做噩梦的悲凉的通道。是那种当人们很高兴醒过来的噩梦。一些人在荆棘丛中迷路或死去，加斯东说他去母亲那儿，他拿了一个装满苹果冻的登山包，然后我看着他远去，头顶系着手帕。我的目光跟随着他仔细地看着，就好像我在研究一朵花儿似的，很快我就只看得到手帕的一个白点儿，然后就什么也看不见了。我知道他不会回来了。或者是丰丰在追一只蝴蝶或小鸟，在荆棘丛中迷了路，发现了一副白花花的骨架，一头牛的骨架，而我告诉其他人说是牛，你们看尾巴。一些诸如此类的让我感到恐惧的荒唐事。我便不再去那边散步。开始时我去那儿，我那时很高兴能安置下来，现在不了。那是我要躲避的一个地方，正如我所说的那样。可能几年后我哪儿也去不了了，我将会待在屋里。但我不愿去想这些。所有那些能把我们从洞穴里弄出来、能改变我们想法的东西，也正是让我们深陷其中的东西。我们甚至不能在可能有办法弥补的地方找到弥补的办法。不，我不愿去想。

餐桌的一圈我都说完了。玛丽又出去了，勒贝尔说起了她关于茄子的经验，大家咀嚼着。阿波丝多罗说，你们看，她故意把脏餐巾放进抽屉里。我害怕大家谈起洗衣店和洗衣机，便再次问勒贝尔她什么时候出发去度假，是不是像往常一样九月一日走。她再次说是的，她又谈起她的侄女和侄女婿。并说她还要再试着做这种清煮茄子换换口味，他们那里吃腌酸菜吃得很多，是她负责做饭以减轻她侄女的负担。每当她到侄女家的时候，她的妹妹每天都要去那儿，并且每次都能找到与她吵架的理由，她总是寻思她明年还去不去，我的妹妹和我的侄女婿都对我有意见，我会变成什么样子。阿波丝多罗也再次开始了她的老生常谈。那条漂亮的裙子她今年不会穿了，明年它就过时了，想想看我和埃拉尔夫人费了那么大的劲，加上布料又相当贵，我们在那些平价商店里买到了所有想要买的东西，这些大商店还是很方便的，从前可没有这么多的大商店，那时我们不得不去小商贩那儿，让他们不至于倒闭，现在人们甚至连想都不想他们了，人们办最紧急的事情，去最方便的地方。她问我是不是要去买外套，买衬衣。我对她说有好一段时间我没有给自己买过任何东西了，没有必要，我不出门，我要把旧东西用完，它们总是用不完，我用得很少。从某种意义上说，那些东西穿上几年令人厌烦，但从另一种意义上说，这也给人以某种安慰，并且不管怎样这是一种节省。她对我说她理解我，然后带着一种她早年的、年轻时代的、当她还讨人喜欢的时候的微笑补充道，先生们是不爱打扮的，而女士们却相反。就拿我的裙子来说吧，我必须有一条新裙子，女士们喜欢追求时髦。我今年冬天在镜子里又看到自己像个大河马。还是去年冬天？然后微笑便僵住了。她今年不会穿它了，而明年它就会过时。我寻思着新款式的裙子和她现在穿的那条老式的，有什么不同。除了颜色以外我没看出来。我就问她。她告诉我说今年还时兴大朵大朵的花，还有扣子，人们原来是开在前面的，您看这些扣子是开在后面的。那么如果明年式样变了，她只需把裙子反穿就行了。但是大朵大朵的花不会再时兴了。那么她现在，在我们这里穿就好了。但她想先把那条总也穿不坏的旧裙子穿坏再说，穿那条新的是浪费。

丰丰把茄子弄到了长裤上，很大一堆。这不要紧，他的长裤本来就令人恶心。但勒贝尔

看到了，她说，好呵，他又把长裤搞脏了。我
向丰丰弯下腰，把茄子拿起来，重新放回他的
盘子里，他吃了，然后他还想喝水。长颈大肚
瓶就在勒贝尔旁边。她说，别了，一杯就够
了，这会把他的胃撑大的，他又会生病。我
说，这些茄子放太多胡椒了，我们应该可以破
例再给他半杯水。她说不，这些就够了，他只
需吃些面包心就可以了。丰丰就要哭起来。加
斯东受不了了。他说，把那个长颈瓶递给我，
我来给他的杯子里再加半杯水，然后就够了不
是吗，你听见我的话了吗？丰丰，够了，擤擤
鼻涕。我想把自己的小手帕递给他但它不在我
身上。我站起身到抽屉里去拿那条脏餐巾。勒
贝尔吼了起来，您不能这么做。我说，为什么
不，它是脏的，我自己把它放到脏衣堆里去。
她大怒，用餐巾擤鼻涕，从来没见过这个搞
法，这倒挺开胃的，我祝贺你们。我还是给丰
丰擤了鼻涕，然后他把那半杯水一口气喝干
了。我不知道拿这条餐巾该怎么办，如果我把
它扔到地上，勒贝尔会大声叫骂牲口棚，我们
在牲口棚里生活。我不应该说大声叫骂或吼
叫。她的声音比平时发生这种事时吼叫的声音
还要生硬，还要尖利，还要刺耳，有时她会被
咽到，当她正在嚼东西的时候。现在就是这
样。她好像翻白眼要昏过去了，喘不过气来，

136

她应该向上举起胳膊，我们都已经习惯了，大家都等着，但当她再次讲起话来时，又总是太快，然后就又呛着了。现在又是这样，因为我还是把餐巾扔到了碗柜边，但愿没人把它和我们的餐巾又混放到一起。她又想说牲口棚，可她又一次喘不过气来了。从前她会急急忙忙地离开餐桌，但现在不了，她一只胳膊伸向空中，另一只胳膊拿着餐巾遮住嘴巴，然后双臂交换。发作过后她并没有马上收回胳膊，我们当时正在吃牛排。玛丽把牛排端了上来，一边说她就不换盘子了，否则她要洗的餐具就太多了，她今天下午还要出去。丰丰没能吃完他的茄子，这一次是加斯东要发火了，我替他吃完了。他看着长颈瓶。我轻轻地对他说不。我说牛排是不准确的。那是一大块牛肉，那种比较便宜的，苏诺曾说算上用人要把它分成十三小块，这简直让她受不了，她就这样整块地煮了，然后我们自己想办法。玛丽在假期里也像她一样，尽管我们顶多只有六个人。我觉得切成薄片可能会更烂一些，但我可能会搞错。重要的应当是肉的质量。总之这没法吃。到了晚上大家的牙齿里都塞满了牛排。自从牛排一上桌，大家就得不停地用舌头剔牙齿，我看着这些又一次变了形的嘴脸，像吃了李子干，左边一块，右边一块。佩兰拿着一根牙签剔牙，一边用另一只手遮住嘴巴。我经常用手指剔牙，我不知道该把剔出来的肉块怎么办，再吃的话让我觉得恶心。我悄悄地把它抹到餐巾上，一边看看盯着我的勒贝尔。她什么也不敢对我说，当然了，但牲口棚，或非洲是不远了。每当吃肉的时候，我们一般会说该换一家肉店，肉店老板瞧不起我们，总是把他的破烂货塞给我们，但玛丽再也不想去另一家肉店，自从那家肉店塞给了我们一块不能吃的肉以后。现在就是这种情况，只不过在吃肉以前，我们就这样说了。是加斯东切的牛肉。他寻找纹理，但没有找到。我仔细察看。有一条朝着各个方向伸展的纹理。加斯东说这个肉店老板不把我们当回事，他塞给我们的一直都是蹩脚货，我们只有换。阿波丝多罗说，有一位女士告诉过她另一家肉店老板现在好多了，玛丽只要再去那儿就行了。她已经回厨房去了。加斯东把她叫回来。您要我怎么切这个东西，给，您自己看看，请您再也不要到这家肉店去买肉了，您去另一家就好了，好像老板比以前要好一些。这一次他没有那么转弯抹角，他烦透了。玛丽说这没有用，在塞给我蹩脚货这件事上，他没有变，总是一样的，您只要回想一下他给我们的那块肉就知道了，我甚至都没法吃它。加斯东说它不可能比这更坏，一边还在找着肉的纹理，我告诉您，阿波丝多罗夫人说那一家好多了，一位女士告诉她的，是吧夫人？阿波丝多罗说，完全对，一位女士告诉我，以前她总是去我们的那家肉店买肉，他给她的总是一些不能吃的肉块，她说她刚刚换了一家，区别大得简直就像水和酒，她奇怪我们为什么还到这家去买肉。玛丽说那位女士可能是信口开河，她知道如果她再换的话会怎么样，也可能这位女士买的肉更贵一些，这就是原因。阿波丝多罗说，我告诉您不是，她买的是牛排。玛丽火了。牛排，牛排，有四十六种牛排，如果我买里脊肉的话肯定就要好一些，难道您不明白那位女士买的是里脊肉吗？但阿波丝多罗重复道，是牛排，跟我们一样的牛排，证据就是她换了肉店。玛丽砰的一声摔门出去了。加斯东把牛排切成乱七八糟的碎块，每人都得到一份后开始咀嚼起来。当大家争吵的时候丰丰离开了餐桌说他去洗手，我知道他是要到厨房的水龙头那儿去喝水。勒贝尔说待在桌旁，但太晚了，他已经溜走了。他回来时经过的是走廊的那扇门，在玛丽摔门出去之后。他的衬衣都打湿了。勒贝尔苦笑了一下，她没有让自己再次喘不过气来，她只是说了教育的原则，结果就是这样。或者丰丰是在加斯东叫玛丽之前出去的？是的，之前。当他一口喝干了他的那半杯水，勒贝尔的双臂还举向空中的时候。我马上对他说快点，一边对勒贝尔说他的双手满是茄子，他会把它搞得到处都是的，让他去吧。当他湿淋淋地回来的时候，我甚至看都没看勒贝尔一眼，她完全可以想说什么就说什么，就在这个时候加斯东叫了玛丽。或在这之前，当丰丰还在厨房里的时候，他是在玛丽发火的时候回来的，因为我当时在寻思玛丽会不会认为勒贝尔说那些漂亮的教育准则是冲着她来的。是的，更准确地说是这样的。总之我们在咀嚼着自己的那份残肉渣。加斯东告诉她马上把凉拌生菜拿来，肉块就好咽下去了。我说我宁愿自己去，给她留点儿时间让她恢复镇静，不然她可能会把生菜扔到我们脸上。于是我去了厨房。丰丰在那儿，我看见他在对着水龙头喝水。他妈的我又搞混了。每天吃饭都是这样。我看见丰丰在对着水龙头喝水，我对他说你快点儿，他就是因为急急忙忙的才把身上搞湿了。我们一起回到食堂，我装作没有听见勒贝尔在说她的那套准则，我说凉拌生菜还没有准备好，她正在做呢。

再说一遍，不要紧。加斯东只得说那么我们就等等吧，一边剔着左边上面的牙齿，他那里有一颗牙被蛀空了，我不知道跟他说过有多久了，要他去看看牙医，他回答我说他的牙不痛。等着瞧吧。

　　一般来说当大家谈论肉店的时候，官泰夫人就会对她丈夫说，您想起博罗梅埃群岛的烤牛肉了吧。他们在三十年前去过那里，在来我们这里很久以前。在美丽岛，六月二十五日的菜单，我不知道为什么还留着，还有那份吃起来很烂的烤牛肉，餐后甜点，岛上的鲜花，湖畔散步，然后说到吕加诺城和蒙特勒市。当他们糊涂的时候，当他们把一件事说成另一件事的时候，勒贝尔便来纠正他们，她虽然从未去过这些地方，但她熟悉这些陈词滥调。很久以来，在这个时候，不会有人介入这场谈话，我们任他们说去，这让我们得到了休息。而我，我在照料丰丰，我把他的牛肉切开，我咀嚼着自己的那一份，一边想着我在这一天失去的那些东西，或是一边重新整理我的手提箱。听到别人谈论博罗梅埃就像谈论巴比伦公园一样，听到三个老家伙咯咯地笑着，提起那些煮了再煮，嚼了再嚼，消化了的美味和其他的东西，一边剔着塞满了令人厌恶的食物的残牙断齿，这给我以启发。不管怎样，官泰夫妇他们以前有过的那种生活，以如此多的细节，替代了目前的生活，他们几乎是闻到了花香，尝到了六月二十五日的菜肴，这难道还不令人兴奋吗？而对只知道阿尔萨斯和腌酸菜的勒贝尔来说就更刺激了，我仿佛觉得，不只是我，还有加斯东也认为，到最后她认为自己也去过了博罗梅埃。在我的脑海里所有这些都与勒贝尔天堂里的缝纫工场为邻，与游人所干的蠢事为邻，与那些耍得我们团团转的回忆，与怪癖、自杀和失败为邻。我整理的是一只带给人忧愁的手提箱。因此我把它弄乱。我在弄乱手提箱的时候听见嗡嗡的嘈杂声，我感到恶心，我又倒了一杯酒。而他们却相反，官泰夫妇和勒贝尔，这使他们精神大振。官泰夫人的脸色几乎红润起来，她机械地整理着她的无袖胸衣和她的首饰别针，就好像她在梳妆打扮要出发去那个湖似的。然后勒贝尔说，就好像在我们那里，在阿尔萨斯一样，然后她就讲起他们那里有的向日葵或土豆花，鹳和初领圣体仪式。轮到官泰夫妇休息了。然后通常是阿波丝多罗讲起她自己的旅行，这些旅行几乎总是流放，但它们是那样地久远以至于我们几乎都不相信，而我觉得没有人在听。不对，有时佩兰责备她，当她把某个历史事件与另一个搞混的时候，于是轮到他来讲苏伊士和斯塔维斯基事件，请原谅年代顺序的混乱。当我完成了弄乱手提箱的工作后，大家开始吃凉拌生菜了。

有些时候是韦拉苏接着讲下去，在星期天，我的意思是，或是在晚上，当大家吃着前一天剩下的肉末炒蛋或炸肉丸的时候。他讲他在医院里的所见所闻，那些无法医治的病例、截肢，公路上的事故及细节，这些事败坏了我的食欲，或是让我失去仅剩下的一点儿食欲，但他们却一点儿事也没有，一点儿也没有，特别是女士们。这就像芥末或醋渍小黄瓜，使他们分泌唾液，她们还要，她们还想听更多的细节。她们咀嚼着自己那块变了质的肉，一边舔着嘴唇。难道潜意识里在想象着正在吃锯下来的腿或取下来的睾丸吗？公路上的事故，是的，她们喜欢。我想起来有一个下午在大杂屋，阿波丝多罗说有一位女士告诉她，她曾看见一件事，我忘了是什么事，公路上有一个被砍伤的人，于是她就开始讲述起来，这时勒贝尔说可这是我说的，我刚刚从报纸上看来的，于是她想自己来讲述，但阿波丝多罗并不听任别人摆布，她们正在喝茶，饼干不够了。已经站起来要去上茶的勒贝尔到食堂去拿饼干，她任两扇门都敞开着，为了不漏掉阿波丝多罗的每一个错字，她在食堂里一边把饼干放进茶碟，一边喊道，不，不是这样的，他没有立刻就死，然后她端着饼干回来，一边继续说，当阿波丝多罗讲完了以后，她又重新讲了一遍，让我来告诉你们报纸上讲了些什么吧，其他的人继续呷着茶，继续啃着饼干，一边听着这些惨事，一边说多么可怕呵。

　　让我们等一等。你们回想起了博罗梅埃。又重新开始了。我先是给丰丰切了肉，然后沦陷了。比平时更厉害，更深远。继续下去没有任何用处。我显得比小丑还滑稽，比下流坏更坏。我一直让他们相信，我只对植物学感兴趣，让他们认为我有时时刻刻都寻找东西的怪癖，让他们以为我是个古怪的人但不坏，以为我什么也没见过，而他们去过博罗梅埃，我沉默不语是因为我清楚地看到他们见多识广，他们生活经历丰富，我应当尊敬他们，我在给他们这种印象。我再也不能像这样撒谎了，他们有权得到尊敬，但不是他们认为的那种。我应当一锤定音地告诉他们，他们的博罗梅埃从来就不存在，如果它曾经是他们现在所说的这个样子，那就请他们再也不要说了，他们可能已经将它忘记了，他们可能把它与其他的地方搞混了。只要一谈起它就证实了他们什么也没有弄明白，证实了当他们看到它的时候，他们心不在焉，只想着他们天堂里的露天赈济，它从他们指间溜走了，证实了他们一直都是穷光蛋，并且在这个时候，在湖畔散步的同时，他们已经有了一种自己并不知道的恐惧，即完结的恐惧，由于他们正在完结，因此他们闭着眼睛看杜鹃花。很难证实这一点，但他们知道我

144

是对的，不可能不对，除了官泰夫人或勒贝尔夫人那样的人。即使是她们，难道我就无法将她们引入正途吗？在粪便之路上，人们也完全可以吞吃烤牛肉和杜鹃花，味道总之是一样的。这就是我应该给予他们的尊敬。应当说点儿什么，我正在考虑说什么。或是咚，像这样，左手一拳。或是温和一些，对他们宽容一点儿，不要马上看到他们变了脸色，事后他们会有时间的，在床上。我思考着。然后我说的恰恰相反。我对勒贝尔说，那条餐巾的事请你原谅，因为我的小手绢没带在身上，这种事再也不会发生了。玛丽拿来了凉拌生菜。她说，什么，什么餐巾？我指给她看那条餐巾在哪儿，我对她说，我自己会把它放到脏衣物堆里去的，您别担心，我拿它给丰丰用过。什么，您用它给他擦了屁股？擦鼻涕，我的小手绢不在身上，这事不会再发生了。这可真好。肉店老板的打击已经使她无法忍受，这一下更是使她火上浇油。真是一些猪猡，你们全都是，她费了老大的劲为了……我刚才搞错了。官泰夫妇度假去了，今天中午没说博罗梅埃。但这是一回事。阿波丝多罗肯定说了她的烤牛肉，一边用舌头托起她的假牙，或是想到了它。不管官泰夫妇在与不在，我总能听见博罗梅埃。她为一些猪费了老大的劲，我们却没有把她放在眼里，我们把她不当回事，一连串。然后她再次摔门出去了。勒贝尔说，显然要让她高兴就不能用餐巾擤鼻涕。加斯东说，听着，够了，她不是为了这个生气，而是因为所有其他的事情，特别是因为她还没有去度假，她想在七月去，可苏诺夫人必须去她侄女那儿。她很烦躁，她累了，就是这样。他用舌头把那块牛排从上面顶向左边，不过他把它吞下去了。渐渐地我们又谈起了洗衣店当然还有洗衣机。全都因为我，是我再次提起的。

经过考虑，在我整理了手提箱之后，我说，我正好说了我不想说的话。在为餐巾的事请求原谅的时候，我自然不想让他们意识到他们自己的贫乏无知。总之我完全可以问自己，我为什么总是要在所有的事情上都小题大做，为什么要夸大其词，为什么每时每刻都要自怜自爱。如果不是无聊的话那又是什么呢，让他们认为我这样那样有什么意义，他们的博罗梅埃让他们快乐，他们已经只剩下这一点快乐了。甚至给那些非博罗梅埃也带来了色彩，我的意思是指那些使他们和我们一起备受煎熬的讨厌的琐事？但同时这也使他们享受了生活，因为他们还在继续呼吸。即使这会一步步迫使他们重新提起洗衣机？说到底对他们来说这不算是令人讨厌的事情，只是变换了话题而已，

146

他们会沉溺于其中，就像谈论杜鹃花一样？即使加斯东说这是一大笔开支，又给玛丽多添了一项工作，还要去向洗衣店解释，他们看到失去了我们的脏被单和抹布会非常生气的，他这样说也是枉然吗？对他来说这是一种冒险，可能他自认是个好人，为此折磨自己，仅仅只是为了时髦，为了活跃？随着我的展开我认为自己是对的，我说的肯定都是事实。那么就请大家不要再要求我有逻辑，不要告诉我说我不知道自己想要什么。我什么也不想要。什么也不要。

凉拌生菜的调料加得不够。玛丽没有把油-醋组合瓶架放在餐桌上。我站起来到碗柜里去拿。那个东西，我不知道它叫什么，有很多油，简直是太多了，满满一瓶油，但没什么醋。比我说的少，没有醋了，我到厨房去拿。我去了那里。在那里我看到了讨厌的事情，玛丽一边哭一边咀嚼着她的牛排。她甚至没有假装擦眼睛或是喘不过气来，她没有看我，她不停地咀嚼着。我装作没有看见的样子在壁橱里拿了醋。我站到洗碗槽前，以便在倒醋时不会洒在外面，我往那东西里灌醋。我对自己说，我应当对她说点儿什么，我得找话说，不能让她像这样哭。醋漫出来了。玛丽吼道，好啊，全都搞到洗碗槽里了，过后别人会说是我浪费

147

东西。我得救了。我把醋拿到了食堂。她在哭，我告诉加斯东。他说那她会少尿些尿的。这对他来说无所谓，对别人也一样。他们的意思是说这不关他们的事，全都是因为我引起的？我不吱声了。加斯东又做了酸醋调味汁，阿波丝多罗说，请别放太多的胡椒，茄子里已经放得够多的了。勒贝尔又说茄子非常好吃。丰丰在他的椅子上扭来扭去。我低声对他说，去吧，赶快去，再不去就会太迟了。他出去了。我想勒贝尔说的是他又去喝水了，我想是吧？我说不是，解手。您吃凉拌生菜吧，我不吃。我从来就搞不清楚自己喜不喜欢吃凉拌生菜。有些时候我想吃，有些时候它让我几乎要吐。我不知道这根据什么而定。不管怎样，我知道我不喜欢又硬、又脆、带着大大的叶脉的莴苣。也不喜欢不知该怎样吃的皱叶甘蓝，总是会有叶尖碰到您的鼻孔。这是很平常的凉拌生菜，我所不知道的普通生菜。这不该让我烦恼，但是不。我喜欢那些有着明显爱好的人们，人们知道该怎样应对。人们会说他不喜欢这个，我就不给他这个，或是相反。这样让人放心。至少人们知道这件事情。而我不仅我自己不知道别人也不知道。他们犹豫着，不知该不该递给我生菜，一边寻思着他是不是想要这个，他们先是给自己盛一点，然后再盛一点，再小心翼翼地把它递给我，一边说来点生菜吗？他们甚至不说今天来点生菜，这便意味着他们知道我每天都不一样，不是，而是来点儿生菜。他们甚至连我这一点都不知道，我是否应当干脆向他们解释一下？是的，但解释，谢谢。光解释是不够的，我非常清楚这一点才这样说，我会尽力泛泛地提及一些原因，然后马上说这就是理由，我已经听见自己在下结论，说每当我早上听见燕子叫我就不喜欢吃生菜，而每当要下雨的时候我就喜欢吃。不，不要对他们解释。而凑巧没有听见我说不吃生菜的勒贝尔问我，您不吃点儿吗？我想也没想自己刚刚说过的话，我并未感到痛苦，我说，嗯好吧，可能我夹了一片叶子。然后我把它吞下去了，但我得喝口葡萄酒压下去。我肯定别人都认为我夸张了。

这顿饭带给我的烦恼远比读的人多得多。这就是我让他们同时读到的东西，现在。还有那些将要读它的人。但是我应当坚持到底。准确和纪律。利用时机。此外我不能陷入植物学里，只是业余专攻植物学。最后我对于丢失了那张纸并不感到遗憾。不要忘了我在寻找它。这让我有点儿事情做，我很看重这一点。认真地做这件事，当我想起它的时候。过后不知道又会有什么倒霉事儿落到您的头上。未来，就是它在捉弄人。未来在流淌，在排泄。注意不要粗俗无礼。但确实未来就像拉肚子，让您排空，把您给毁了。我害怕拉肚子。我不愿意去想。一个并不比这更长远的短期未来，我翻一页算一页地草草翻过，我满足于这样。不要计划，不要全貌，尽可能不用手提箱。让我感觉稍微好一点儿吧，一次也行。我的手在写字，平缓地随意摆弄着最近的未来。不要走得太快。可我应当快点进行，要在明天之前结束。找到将期限推迟的办法，找到说明天就是后天的办法。不，什么也不要说。现在不要说。轻轻地、温柔地随意摆弄那最近的未来吧。

我把生菜又递给勒贝尔，她盛了一些，然后把它递给阿波丝多罗，她也夹了一些正要开始吃，这时丰丰从厕所回来了。他的长裤都湿了，他尿在上面。阿波丝多罗的餐叉里满是生菜，正要往嘴里塞，她一下子停住了，她的样子出现在我的眼前。尽管丰丰的那条长裤那么脏，很显眼地有一块很大的污迹，一直到裤脚。她什么也没有说，因为她并不像勒贝尔那么坏，她有恻隐之心。但我转过了身子，我看见了。你坐下。勒贝尔也看见了，她说，这一回不行，这个样子他不能坐。他把鼻涕擤在我们的餐巾里也就算了，但让他把这些脏东西全搞到椅子上，加斯东先生您就说句话吧。加斯

150

东说，什么，出什么事了，他的嘴里塞满了生菜，我的眼前又浮现出他的样子。我说，他把裤子弄湿了一点儿，有什么了不起，大家不会为此再生出什么事儿来吧。勒贝尔说，弄湿了一点，弄湿了一点，他搞湿了是的，但您说句话吧，加斯东先生。加斯东转向丰丰，然后他说，那就让他去拿粗抹布，把它垫在椅子上。但我不想让玛丽知道，于是我说我去找，你就待在这里。玛丽不哭了。我神色自然地从洗碗槽下拿出了粗抹布，但她问我又有什么事。我说没什么事，我弄洒了一点点水在地上，您忙您的吧。这一次她没有来看。我回到食堂，但丰丰已经坐下了，加斯东看到他就要哭了。我对他说，站起来，让我把这个放在下面。他抓着桌布站了起来，葡萄酒瓶摔碎了，酒先是流在了漆布上然后又流到了地上。勒贝尔马上就要喘不过气来了，她把餐叉放在盘子上，双手在桌子边缘抽搐着。阿波丝多罗继续大口大口地吞吃着生菜。我说，这没什么，相反这正好，我正好拿了粗抹布，于是我开始把地上的葡萄酒蘸干。丰丰就要哭出来了。加斯东对他说，你坐下吃吧。他给他夹了生菜。但我还得打扫漆布，可我手里什么也没有。我可不愿意看到勒贝尔昏倒，如果我使用粗抹布的话。那我怎么办？很简单我从角落里拿了餐巾然后把

151

桌子蘸干了。勒贝尔什么也没说，站了起来，出去了。她有些时候就是这样，甚至经常这样。她或是端着盘子到大杂屋去，路过时很快地再盛一些菜，或是当我们吃完后她说，我吃饱了，我等着你们喝咖啡。她最好每次都这样，在喘不过气来之前，我的意思是。但那样的话她就只有在大杂屋里吃饭。我把粗抹布和餐巾放在了碗柜的角落里，就这样。丰丰说，她不吃甜点了，太好了。大家没有反驳。

然后玛丽拿来了奶酪。很好她买了奶酪。我问加斯东是不是他提醒了她。我大概问了他。够了。他们吃了奶酪。勒贝尔出去了正好，没有蓝纹奶酪。而我，我不想吃奶酪，我想呕吐。在把鼻涕擤在了餐巾里的时候就开始了，渐渐地越来越厉害。我又给自己倒了一杯酒，一边等着咖啡，但一点作用也没有，咖啡也没用，我整个下午和整个晚上都有这种感觉。大家说这是肝的问题，但我不相信，我的肝上什么也没有，大夫告诉我的。那是一个老大夫，他什么都不懂，但我相信。我在别处已经谈论过他了。我甚至说过他死了，试图让我得到摆脱。不是摆脱他，而是摆脱他的死的烦扰。我就是这样对待我所喜爱的人。至少是我认为我喜欢的人，取热爱这个词里程度稍弱的那个含意。我想象着他们都死了，我杀了他们，于是我就摆脱了这些烦扰。

尽量说些美好的事情，以便遏制呕吐。一些非常愚蠢的自作聪明的事，一些果酱或香草牛奶鸡蛋烘饼的制作法。一些矫揉造作的顾虑，一些让您冒汗的殷勤。我能说些什么美好的事情？不应当去寻找，应当让它自动地冒出来。我抬起舌头准备马上就讲一个，那是什么？我会想起来的。他们吃了奶酪。它比牛排更黏，我从阿波丝多罗那里看出了这一点，她的假牙发出喀嚓喀嚓的声音，不是喀嚓喀嚓，要细微得多，当她吃奶酪的时候。她用舌头把假牙向前推，为了把卡住的奶酪弄出来，我想她把牛排也带出来了。或是向后推？她说这颗奶酪不如另一颗，它们大概不是同一块上的，我们不能总是指望它们质量相同，这真令人遗憾，她突然改了口，可能是想到了吃牛排的场景，至少我是这样猜想的，不过这毕竟很好了，真的，说到同一种质量，我侄女的奶酪就远不如它，这是什么，是格鲁耶尔奶酪还是孔泰奶酪？这时我想到，假牙与奶酪摩擦发出的声响不可能比牛排发出的声响更大。我听到吃奶酪发出的声响更大是因为我自己没有咀嚼。我回答说可能是格鲁耶尔奶酪，只要问一问玛丽就知道了。加斯东目光迷茫地看着窗户，他又在算账了。天气是如此炎热，我问阿波丝多罗，我们是不是可以打开窗户。她说，当然，噢我坐到勒贝尔小姐的座位上去，然后她移向餐桌的顶头。更确切地说是我先打开了窗户，我问她行吗，她说行，我坐到勒贝尔小姐的座位上去，然后她站起来坐在更靠尽头一些，她认为那里没有穿堂风。里瓦尔家的那面墙很晃眼，烧焦的肉油味儿一阵阵地传过来，我们简直以为自己置身于船的底舱。我不需要说七月真是要了我的命了。人们说这个月里出生的人常常是这样，我就是这样。我很高兴地看到八月来临，可是几乎没有任何不同，然后是九月，夏天结束了，可大家又很怀念夏天。这有点儿像生菜，我不知道自己是否喜欢夏天。我只知道我在七月生病了，就像我现在生病了一样，完全应当承认我是生病了，有些时候我感觉九月要好一些，但就像大家所说的那样，狗拉犁式的生活又开始了，他们全都度假回来了，这比夏天更糟。我应该能弄清楚自己在九月是否比夏天病得要轻一些，但会比较困难。我得同时身处七月和九月才能进行比较。因为我现在想象着九月，却没有准确地想象到大家全都回来时的整个混乱场面，以及又要恢复从不曾丢掉的那些习惯生活的悲哀。两个月的假期不算什么，我对自己急切地说九月，可一旦到了九月，我对七月那令人讨厌的阳光又想得

154

少了，我看到的主要是我们那些寄膳宿房客们的嘴脸，于是我便怀念起更加安静的夏天来。我应当把七月称为九月，然后反过来，说到底这可能是一个文字问题，九月那令人讨厌的阳光，这不对，我不能这样说，那样我就可以少见一点儿阳光吗？但到那个时候怎样称呼八月呢？令人讨厌的阳光就移到了八月，我在八月会比在九月病得更厉害一些，我会在七月里病倒，我又会说七月里那令人讨厌的阳光，因为看不到它比九月的阳光更温和，于是我就又会病倒。是的，这大概是一个文字问题，不过不要变换它们吧，这只会更糟。此外即使不是更糟，我也不能独自一人待在一个角落里，在七月时说现在是九月，现在是九月，肯定会有个什么人来对我说，您是不是觉得七月是多么晴朗呵，这就会使我又病倒并诱发高烧，它会使我病得更厉害，因为我已经解除了对它的防备，或者是在问勒贝尔她什么时候去度假时，我不能像往常那样说七月初，我得说九月初，这样会使我又陷入当时的七月，大胆些，一次发高烧很可能会要了我的命。我并不希望这样，我不喜欢死亡，我说过，而这并不是最容易理解的。我得恢复健康，我会感到非常烦恼。但我相信我会尝试在元月份出生，在那时会被冻得麻木了。与寄膳宿房客们的麻烦和恶心也会有，但可能会不那么棘手和难受。我说这些是因为我早就想到了这一点。不，人们至少会因为某件事而感到高兴，会因为马上就要看到春天又要来了而感到高兴，我对自己说我很快就能又到树林里去散步。此外七月的恐怖，我甚至可能不知道它的存在，因为我是元月份出生的。除非对那些元月份出生的人来说元月份也有令人可怕的事情？没有必要去想这些。我最好是永远不要因为更换月份而感到高兴，不要因为任何事情而高兴，不要为未来而高兴。不过我刚刚这样说过了。最近的未来，最最近的，只有这个。重复一遍最近的未来。在即将完成这一页之前考虑一分钟，我不能给自己更多的时间了。这是可悲的，但没有别的办法。我想要某个人，至少是某个人来了解我的情况，但我很清楚这是不可能的。我们别再想了吧。奶酪之后是桃子。整个七月大家都在吃桃子，桃子最便宜。我相当喜欢桃子，但我不能像阿波丝多罗或加斯东那样猛吃。真该看看他们那贪婪的吃相，让人恶心。一个，两个，有时是三个。他们心安理得，它最便宜，通便，别人几乎是在大街上追着要把桃子卖给我们，差一点儿就要把桃子送给我们了。不，我，我拿一个有时还吃不完，我看见加斯东看着我盘子里的那半个，他的嘴唇紧紧地抿着，

156

看着我，他不应当这样，因为这几乎算不上浪
费，从价格上来看。但他忍不住要这样。然后
他说既然你吃不完，我来吃了吧，然后他就把
它一口吃了。他吃了三个半了。他借口说要治
疗他的肠子，我说过这一点了。每当他不注意
的时候他就不大舒服。于是他就猛吃桃子。八
月里甜瓜通便于是他又猛吃甜瓜。甚至在第一
道菜时吃半个，在饭后甜点时再吃另外半个。
只有他这样。他第一道菜吃甜瓜如果我们的饭
后甜点是甜瓜，而他的饭后甜点是甜瓜如果我
们的第一道菜是甜瓜的话。慢性肠炎真是令人
难以忍受。想起在希朗西的腹泻他应当高兴，
但我说过这不会有任何改变，一个星期之后他
又便秘了，没有必要花钱。我正相反，我在希
朗西时上厕所的次数要少一些，当我遇见他的
时候，我在那里只待了几天，我是路过那儿，
但我还是知道我上厕所要少一些。这没有意
义，但我突然想到了这一点，总之这大概可以
解释我不大喜欢水果的原因，我的肌体在自动
地保护自己。说到底我喜欢什么？够了，我们
别再说了吧。不，我喜欢草莓，它们不会搞得
我不舒服，它们总是很贵。每次在它上市的时
候我们只吃两三次，顶多。在旺季，它们可能
会腐烂的时候，商家们就廉价处理。下市时它
们又像开始上市时那样很贵，我没有什么可说

的。如果偶尔有那么一次玛丽买回来很多，我就全吃了，结果可想而知，管它呢。不管怎样不会持续多久，我的肌体也知道这一点，它对此积极配合，不会搞得我真正地不舒服。在三天之内不会拉稀，不像别人那样。总之我这个人不希望专门深入研究自己的身体，这可能是我能找到朋友的唯一方法。例如通向脾脏的某个地方。一个喜欢我的地方，熟悉短暂停留的草莓带来的冲击。但是对自己的脾脏感兴趣是可悲的，只要一想到这一点就令我沮丧。我们不要去想它了吧。他们狼吞虎咽地吃着桃子，一边吸吮着桃汁，为了不让桃汁掉到盘子里，一边弄出令人恶心的声响。是加斯东，阿波丝多罗不这样，她吃桃子用餐叉，就像从前那样。加斯东直接用手拿着吃，连皮一起吃下去，然后吮吸着桃核，什么也不浪费，一边茫然地凝望着，他又在算账了。可他的手指还是沾满了桃汁于是他就用餐巾擦手指，这时玛丽大声叫骂起来，因为弄上了可怕的脏渍，它好像是唯一洗不掉的脏渍。他们正在那儿吃。阿波丝多罗在剥第一个桃子的皮。她慢慢地剥着，不慌不忙地，一边已经在餐盘里看准了她将要吃的第二个。她用眼睛看，不会有错。只要摸一下每次都是好的。第一个桃子。慢慢地。她把皮和核放在餐碟的边上，核不那么靠边，它会滚的。然后她用餐刀切桃子。糖。总是要糖，为了随后做一种令人作呕的吃食，之后我们会看到。讲到这里我想到还有一样东西通便，那就是春天的朝鲜蓟。这东西是地区性的，如果是在非洲或者是我不知道的什么地方，就不会有朝鲜蓟。在我们这个时代，我们这里还没能甩掉这类玩意儿，真是令人难以置信。于是到了这个季节我们就总是吃这玩意儿，对自己说它对肝脏有好处。玛丽买回来几百斤，满满的几篮子，一边想着她节省了钱。吃这玩意儿看起来比别的东西更令人恶心。他们全都吮吸着它的叶子，一直吸到底，几乎要把手指头都吸进去了，不是因为他们喜欢这样，至少我是这样猜想的，而是从一开始就已经养成了习惯，一直吸到底。而这让我是那样恼火，以至于朝鲜蓟一到餐碟里，我就把所有的叶子一下子都拿起来，嗒，把自己的手指也烫痛了，然后我在上面吹气为了不那么烫人，再把所有的叶子全都浸在调味汁里，然后吃它的底端，就这样。勒贝尔看着我，一边想着这样浪费真是罪孽。我犯下了朝鲜蓟罪。如果是只吃蓟心还行，如果苏诺给我们炖蓟心那还可以，蓟心从某种意义上来说还挺好吃，不天天吃我还是愿意的，可以说它还算得上是好吃的，可是不行，不吃叶子的事提也不要提，足足有两个星期大家把朝鲜蓟叶子堆在餐盘里，堆得像座小山，垃圾箱里的朝鲜蓟叶子都堆不下了。想到这一点就让人感到可悲，真是讨厌，但我能想些什么呢，想什么？吃菠萝？结果会是一样，垃圾箱里扔的就会是菠萝叶和菠萝蒂，我犯下的就会是菠萝罪。他妈的。真令人厌恶。生活是令人厌恶的。

很快就要说到令人作呕的食物了，但不是马上。她在糖里叉起几块桃子然后吃下去，于是那东西就被吃下去了，就好像是她把桃子整个囫囵吞下去了似的。然后她放下餐叉拿起餐盘里她已经看好的那个桃子。她是否放下了餐叉？没有，还没有。她还拿着它以便吃第二个她挑好的桃子，一下切开，它是好的，大胆些，她拿起餐刀再次削皮。皮放在边上，核稍靠里一点儿，加糖，叉起桃子，吃下去。然后是下一个。如果我过于注视她，她就会停下来，一般是这样，但并不总是，我说过，然后她把杯子递过来，让人给她倒点儿酒，就一丁点儿，我要做小甜食，她酷爱不已，为此丢掉了她的假牙，我的小甜食。这就是我说的令人作呕的食物。她倒一点儿酒，几乎有半杯，倒在餐碟里的糖里，然后用勺子搅动着，玛丽专门给她放了一把勺子。然后她用勺子舀着这些糖汁喝，她小口小口地呷着。我在这个时候就不再看了，不可能，但我听得见。在这段时间里，加斯东有时已经到了第三个桃子，他吃得快些，因为他不剥皮，但其间他要思考，要算他的账。今天已经是第三个了，还是第四个？我剩下了半个留在碟子里。瞥一眼，抿紧嘴唇。既然你不吃，于是他就把它吃了。阿波丝多罗还没喝完她的糖汁。大家到大杂屋喝咖啡去了，留下她把糖汁喝完。丰丰呢？这段时间里他在做什么？他吃桃子了吗？我想不起来了。或者他把它拿到花园里去了。大概是这样的。他经常在花园里吃甜点，这让所有的人都感到轻松，便任他去了。除了牛奶米粥这些东西，苏诺酷爱牛奶米粥，我们也叫米糕或加糖的米饭。我很懊恼，但真诚而又明确地又谈到了这一点，这是我唯一不能吃的东西，吃了马上就会呕吐。我小的时候，吃了它就会呕吐。从此我就再也没有试过。我从不吃这东西。但这种时候看到他们吃便让人感到恶心，我并不总是可以找到借口出去。可我得出去。过多地讥讽所有的人毫无益处。我们那些可怜的寄膳宿房客们对此无能为力。我们可怜的加斯东为了洗衣机忧心忡忡。我们那些可怜的合作者，他是这样称呼那些用人的，转弯抹角又来了，她们只能在平价商店里买几条带圆点的长裙和几件黑丝绸大衣，几个带链条的小手提包和几双系鞋带的皮鞋，不过是一些难看的东西而已，她们因为没有休假，因为侄女卑劣，因为女儿在街上拉客等等一切而在厨房里哭泣。是的，我必须出去。现在我只要一看见桌子上摆了牛奶粥就会马上出去。甚至到了冬季，我每天都问一问苏诺她为我们做的什么甜点，如果是这玩意儿我甚至可以在它还未摆出来以前就出去。但我会忘记她告诉我的是什么，我会把今天和昨天的搞混。到时候我再出去吧。到今年冬天再去想它吧。

来到大杂屋后，加斯东问这是什么这个脏东西，他看到了五斗柜上我的小手绢和花钵。我说，没什么，请原谅，我刚才把小手绢忘在这儿了，花钵是为了浇灌那棵紫露草用的。我看了一眼在拐角处等着我们的勒贝尔。她是如此恶毒，如此有德行，竟说根本不是您说的那样。加斯东说为什么。我只好解释说我打翻了那棵紫露草然后我给它换了花钵，一点儿也看不出来，你看，只折断了一根小枝，跟以前一个样。他仔细看了看紫露草，然后说，折断了一根、两根、三根小枝，它完全被弄坏了，你是怎么搞的。我看了看那个幸灾乐祸的坏女人，她装作在织毛线，我只得将一切都解释给加斯东听，说我在书架上找一本书，说我站在小梯凳上。他问我什么书。我说《泰雷丝·

162

纳玛》。他肯定地对我说，你找不到它的，蠢驴，因为我把它拿给了阿波丝多罗。就在这时她走进了大杂屋，她说，什么，我拿了什么？加斯东说，不是您，是我，我今天早上把《泰雷丝·纳玛》给您了。她说，是的，我还没来得及读它呢，肯定很好看。那么我找的是什么书呢？为了使事情简单化，直到现在我都说是《泰雷丝·纳玛》，我已经知道不是这本书，因为加斯东在午饭后就告诉过我，但在这之前我一直以为是《泰雷丝·纳玛》，一直在找它，我应当规规矩矩地这样说，我当时在找《泰雷丝·纳玛》。我现在寻思我怎么可能会认为自己在找这本书，既然加斯东已经把它拿走了，既然我看见他拿的，或不如说他当时告诉我，我在给阿波丝多罗找《泰雷丝·纳玛》，而不是侦探小说。我在那个时候大概就已经搞混了，认为他对我说的是一本侦探小说，因为我自己想要《泰雷丝·纳玛》？为什么我说，我随便拿了一本什么书，《泰雷丝·纳玛》吧，或者不如说为什么我觉得是随便拿了一本什么书，《泰雷丝·纳玛》，还是我拿了它把它拿到台阶上去了？我的秉性就是这样。这样的神经质竟然把自己想说的话当成是加斯东说的。让我想想。我那时是在什么地方，当我想拿书的时候。我想是在大杂屋的窗前，我看见加斯东在拿一本书。我想必是问了他你在找什么，他大概回答我说，给阿波丝多罗拿《泰雷丝·纳玛》。我这时大概在寻思，此外我说过，这是个好主意，它让我起了念头，也拿一本书装作在看的样子，这样我就能时不时地看一看砂石，而勒贝尔也不会问我在做什么了。是这样的。好。我去了大杂屋，我对自己说《泰雷丝·纳玛》，《泰雷丝·纳玛》，好主意。于是我就在那个时候把事情搞混了，他把它拿给了阿波丝多罗，而我以为自己找的是它，这十分像我的秉性。我对他让我产生了这个念头是那样地高兴，以至于把他的主意给抢过来了。我不能过于相信自己，这真令人苦恼。告诉邻居。就这么个头脑，把别人对您说的当成是您自己说的。我待在台阶上的那段时间，我以为是在读《泰雷丝·纳玛》而我读的却是一本侦探小说。幸亏我没有读它。但是为什么我还听见加斯东对我说侦探小说？我是后来听见他说的，是我自己对自己说的，一边是那么想要《泰雷丝·纳玛》，他拿了一本侦探小说或这一类的什么书给那个蠢老太太，而我要去拿《泰雷丝·纳玛》，我早就想读这本书了，它会在我的行李中增加一丝神秘气氛，与别人的混淆。只可能是这样的。我希望不要走得更远，我的意思是不要比台阶更

164

远，我没有勇气全部重新来一遍，重新回忆一切，重新开始一切。这对我是个打击，当他告诉我这个的时候，我装作无事一般，我说我真的很蠢，你今天早上告诉过我了，可是你看我当时还在找它，而丰丰，总之我的意思是我想到了丰丰，我寻思他在花园里做什么，然后我突然转身，不知为什么在下梯子时我踩空了，然后啪，我抓住了紫露草。我朝那个坏女人瞥了一眼，她已经抬起了头，她说，根本不是您说的那样。面对着加斯东我不能显出撒谎的神情，于是我对勒贝尔说，难道您把我当成一个时不时也要说谎的人吗？我知道我在做什么，不是吗？她带着一丝假笑说，我不是这个意思，不是的，但是您看，加斯东先生，我当时在花园，我知道那个傻瓜不在花园里，当我听见杂乱声的时候我就来到了窗户下面，他正在那里，就在您现在站的地方，他还拿着《堂吉诃德》，只可能是他碰掉了您最喜欢的植物。我没有找不到北，当关系到丰丰的时候，我不会找不到北的，我对加斯东说，就算他在那里，那也是我打碎的花钵，我抓住的紫露草，不是吗？他对我说，别这样看着我，我什么也不知道，我又不在这里。我说，那么你想象一下就是这样发生的。我下赌注不冒任何风险。勒贝尔既没有看见我摔下来，也没有看见

165

丰丰抓住了他们那一钱不值的狗屁东西。以她的道德观她不可能说出相反的事来，但她还是说，您总是这样原谅他，迁就他，您会搞得他无法过日子的。这幢房子里就会只剩下墙壁了。这话她跟玛丽说过。说到这里我发火了，说即使这样，我记得我说了即使，还要告诉邻居这一句，即使只剩下墙壁对您来说那也是过于美丽的。她没有喘不过气，因为她的嘴里没有塞满东西，她没有出去，因为她想喝咖啡，她……她什么？我再也找不到什么可说的了。总之她闭上了嘴而我可以继续对加斯东解释。说我们在杂物间里找到另一个花钵，并说我把泥土都放了进去还给紫露草换了花钵。这时玛丽端着咖啡进来了，她竖着耳朵听，她也准备看笑话呢。我看见她盯着脸色苍白的勒贝尔，她当时就是这样，惨白惨白的，她把咖啡放在桌子上，然后朝我们转过身来。这时我想我们停下来吧，让我们来打断她的享受，让她到厨房里去摇摆吧。于是我停下不说了。我对她说，您可以走了玛丽，谢谢。但她没有走。加斯东这时说什么，你讲吧。我只得继续。我讲到什么地方了。给紫露草换花钵。我想说我们给它浇水吧，这对它不会有坏处的。于是我去了厨房把那个壶里灌满了水，又回来给它浇水，就这样。还有小手绢，加斯东说。我回答说，请你不要也来指责我，我就这样把它丢在了那里，因为它已经满是鼻涕，我没法再把它叠起来，然后我就把它给忘了，请原谅。玛丽窥视着我，她在等待着时机，以便为餐巾的事对我进行报复。难道不是您给丰丰擤了鼻涕，他哭来着，因为他打翻了紫露草？她想继续说，一直说到加斯东发火然后当着勒贝尔对我说，只在我们之间说说，这样对待他的植物他受不了的，加斯东先生，您看到了，您看到了。她还是得回厨房去结束她的幸灾乐祸，因为加斯东他烦透了，他想喝咖啡，他坐在了官泰的围椅里然后说，很好，玛丽，谢谢。我很高兴。

官泰的围椅。一件消遣用的家具。

它在那个笨重的长沙发的右边，紧紧靠着摩洛哥独脚小圆桌。它的面料是发黄的长毛绒，尿黄色，带有一些流苏和一些绒球，又是一件令人厌恶的东西。它完全属于官泰夫妇，当他们来定居时他们把剩下的家具都带来了，我们把这些家具放在他们的房间里，或是别人的房间里或是大杂屋里，例如他们的围椅和其他的一些东西，有机会的时候我会讲到这些东西的，当我筋疲力尽的时候。他们在的时候不会把它借给任何人，这把围椅是官泰夫人坐的。每当她的丈夫因为餐桌的原因略微有些歪

167

斜地坐在她的面前，给她撑线圈时，我们便能肯定要么是他做错某个动作，要么是她绕线绕得太快，或是从左边抽线，因为他总是歪着胳臂，把独脚小圆桌上的小台灯打翻，或不知怎地只碰了它一下就把它搞熄了，或搞得它闪烁飘忽，某个地方接触不良，可大家从没想过要把它修理一下。这时她丈夫就会站起来去捡小台灯，或是把插头插紧，这样便把线团全搞乱了，而官泰夫人则会说，可能应当叫电工来，应该不是什么大问题。我自己大概就可以找到问题所在。想想灯。在这段时间里我们都在忙着，加斯东又在算账，勒贝尔在织毛线，佩兰在壁橱里翻寻着德雷弗斯事件的某张剪报，韦拉苏不知道该说什么，便上楼到房间里去了，埃拉尔夫人拿着她的布娃娃走出房间下楼来了，坐在书架旁边，以便有地方摊开她的那堆碎布、纱团及饰带，或是拆掉某件完全坏了的旧毛衣，以便用那些卷曲的毛线来做布娃娃的头发，每当埃拉尔在的时候，他便在那张笨重的长沙发上打瞌睡，而我，如果我对自己说让我们讨人喜欢一点儿吧，我就和阿波丝多罗玩纸牌，她总是把牌搞错，她把黑桃老 K 和草花 Q 搞在一起，或是宣布牌成了，但却没有成，方块 Q 和黑桃 J 搞在了一起。这就是我们的晚上。

勒贝尔倒了咖啡。给加斯东一块糖，阿波丝多罗非常想要三块糖，只给她两块，给我两块，她自己不要。她每次都要提醒说她一点儿也不要。加斯东已经坐在了官泰夫人的围椅里，她把他的咖啡杯递给他，然后把我的递给我，我坐在桌子旁边，就把杯子放在了桌上。阿波丝多罗说，我的呢？来了，来了，勒贝尔说，给，然后把她的杯子递给她。我本来可以说打翻了一个杯子，但有什么用？绞尽脑汁来让别人发笑吗？如果不是今天那就是昨天或是以前。大家注意到勒贝尔不再拉长了脸，或是就算她拉长了脸但还算克制，她是那样害怕我或是加斯东亲自倒咖啡，以至于她认为这是她的特权，她把这事占为己有了，否则她觉得就像是挨了别人的耳光似的，因为以前是阿波丝多罗倒咖啡，但现在她的手脚有些发抖，什么也看不清，当大家看到再也不能这样下去了的时候，别人就来给她倒咖啡了，一边说您忙您的吧。勒贝尔不愿意，她也会这样。但我想的并不是这个，我想着《泰雷丝·纳玛》，或者说我开始想到它，开始寻思这是怎么搞的，想到我那在砂石里的小纸团，想到丰丰，我们没有听到他的声音，他是不是在栗树上。喝咖啡的时候我同时想着好几件事，我任由自己去，这大概是在消化。没有任何要紧。我坐在自己杯子的近旁，看见勒贝尔又在织毛线，听见阿波丝多罗又在小口小口地呷咖啡，加斯东又在轻轻地打鼾。午餐过后不用交谈，没有发票，放松。这种乏力是午后特有的，不论是在热天还是在冷天，是在七月还是在一月。我不应该说加斯东在轻轻地打鼾，他处于半睡半醒的状态，漏掉了……怎么说呢，就好像在两次呼吸中漏掉了一次呼吸，然后在最后一分钟的时候又补上了似的，这便发出一种轻微的声响，它来自鼻子后部，不是很响，不是那种锯木头式的鼾声，而是一种不规则的低沉持续的声音，还掺杂着一种轻微的嘘嘘声，我找不到词来形容，唾沫的嘘嘘声，因为呼吸受阻气流不能流出或是流经前部，这样便使得他流口水。他这样已经有好几年了，但刚开始他并不是这样半睡半醒的，当他刚这样的时候我在其他人面前感到很难为情，我便咳嗽把他弄醒，但现在不了，已经好几年了，大家都不在乎了，而我要是剥夺他不想发票惬意享受生活的这一时刻，那就太愚蠢了。但它总是在我身上产生一种效应，不再是难为情而是怜悯，这更糟。特别是当我想到自己打盹时，我大概也是那副样子，但是至少没有人看见。尽管这样，无论如何我对自己说这仍然是使我感到遗憾的事情，我不是遗憾，因为我对任何事情都不遗憾，在我这个年纪仍然折磨我的是没有一个人，要不然就是这种时候太少，总之是没有任何人看我睡觉。因此在知道我流口水或打鼾以后，我便不再计较我对他会产生的怜悯和过后我会有的难为情的感觉。我完全清楚我流口水，有时候到了早上我的枕头全是湿的。但我完全知道我分析所有这一切是因为我对自己又去想我当时在想什么而感到烦恼。然而应当进行分析。我肯定想到了那本书，我开始寻思这是怎么搞的，我有点儿担心，一段时间以来我就对自己说不能再这样继续下去了，我看见了小纸团，是的是小纸团，没有错，我对自己说我看见它在桌上，卡在挂钩的线网里了，这同样愚蠢，我在那里找到了它，或是在阿波丝多罗的座椅下面，在蓝色围椅的夹缝里，它滚到了坐凳和椅背之间的夹缝里，人们总是能在那里找到一些东西，打火机、别针，应当去看看那里，或是丰丰为了好玩或没在意把它放了那里，可能是在他翻阅《堂吉诃德》的时候，当时我站在小梯凳上，并且我看见他在栗树上找到了票据并把它放进了燕雀的空巢里，我没有问他是不是看见了什么东西，问问他去。而那个小纸团或者说那张纸可以是在任何地方，在一些我根本没有想到过的角落里，我下午要做的事可是够多的了。但我还忘记了某件事情。在离开餐桌前，当加斯东吃完甜点后，阿波丝多罗已经喝完了果汁。我对她说玛丽给了我一个临时替工的名字和电话号码，总会有用的，她是不是跟您说过。她对我说，没有，我待会儿跟您在大杂屋里碰头吧。我便离她而去到了大杂屋。当她来的时候，她问加斯东我拿了什么，他说到书的时候，她坐在了蓝色的围椅里。当玛丽把咖啡放在餐桌上再次出去的时候，她想起了我的问题，于是她问我那个替工的事是怎么回事。我说，等会儿我再跟您说这件事吧，这事与勒贝尔无关。我看了看那个坏女人是不是有所反应，但我看不见她的表情，她正在倒咖啡，倒了四分之三。不管怎样她什么也没说。但我又想到了她与玛丽串通一气的事，却忘记了这不大可能，因为今天早上在她们之间发生了什么事情我记不起来了。当我的小纸团和阿波丝多罗的围椅夹缝以及和栗树再次浮现在我眼前时，我却茫然地反复思考着勒贝尔和玛丽的这个阴谋，这时我听见勒贝尔对我们说，确实没有必要，无益的花费，我会像去年那样来负责家务事的。

　　这变得越来越乏味。但我还是应当继续下去。当人们绝望的时候就会产生奇迹。我完全可以找到与我的那张纸毫无关系，与我的生活更加没有关系，但却可以使我找到线索的某样东西。我已经注意到蓝色围椅的夹缝了，我今天下午忘记了去看一看。某样出乎意料的东西，忽然想起来的东西。即使它没有让我找到那张纸，算我倒霉，我是不会放弃的，不会，但我对这个忽然想起来的东西也很感兴趣。它可能会治好我长期的心脏病？会改变我？使我变化？一个摆脱了破玩意儿的崭新的我，一个完全清白、非常优雅、满面微笑的人！有时候我几乎觉得自己差一点儿就成了这样的人，如果我没有迫不得已任凭自己卷入这种生活之中，我就会变成这样的人，这个全新的我还在某个地方睡觉，在灵薄狱，可能在我的体内但千万不要去寻找他，不要对我的脾脏感兴趣，继续说，继续剖析那些愚蠢的行为，继续强迫自己，又有一件我应该强迫自己说的，与这个全新的自我没有任何关联的事情，可是这件事使他出现，突然冒了出来，就像一支火箭似的。是的我很严肃地想着这个事，我本来是永远也不会想到有一天我得这样说起它，这很愚蠢但这是事实。我还没有打定主意。也就是说我已经有了主意，但是这个愿望，在我这个年纪，还在烦扰着我，我不能说不。那样地不可能，那样地愚蠢，以至于我对此毫不怀疑，并且它一直在萌动着，或更确切地说是在翻腾着，就是说在颤动吧。这可能给我带来了极大的痛苦，我不去想它，大部分时间不去注意它，把它赶走也没用，我的肌体可能知道点儿什么事情，但却不想理睬它，我抵抗着自己的肌体，但绝妙的造物主正烦着呢。我此刻正在胡说八道，但至少我该提到它的，并且我一直在说，我肯定它会一直搞得我心绪不宁的，不管我愿不愿意。看到自己某天赤身裸体在沙滩上绘制雅典古卫城的地图！或者，我不知道，看到自己正在给孩子们分发我的洗礼时用的糖衣果仁，我要独自驾驭自己的生活，没有别人的介入，我将是航船的掌舵人。就是那艘愚蠢的船只，这是一幅人造的虚假画面，但我现在怎样才能摆脱它呢，人们反复向我灌输，灌进了血管里，鸡奸插进了体内。我被这条船鸡奸了，它在我的屁股里晃动着，我一想到这里就感到可怕。不要再想了。不要这样粗野吧。

咯咯咯……好了，加斯东醒了。他睁开了一只粉红色的眼睛，然后在官泰的椅子上伸了一个懒腰。他没有假装没睡觉，他不再是绅士了。他问几点了，总是两点差二十。已经两点差二十了，他看了看手表。他说，今天下午我该走了。我问他去哪里。他对我答非所问，我会告诉你的，那个管道工，我敢肯定玛丽又忘了，她去过那里了没有。我说没有，我并没有想起来，但她肯定是忘记了。突然，看到加斯东站起来，我的心被钳子夹住了似的，一阵疼痛，比平时更厉害。阳光，炎热，烧焦的肉油味，里瓦尔家的墙壁照得我们什么也看不见，阿波丝多罗和勒贝尔无精打采地坐在她们的围椅里而我则不得不就这样度过下午，在我们的贫困之中，在整个七月里，在整个一生中。沮丧的打击比别的什么都更糟，它是无法表达的。现在只要一想起这一点就让我沮丧不已，我就不能继续下去了。

我继续。我在房间里转了一圈，在家具下面寻找着，但这一次是无意识地，像个机器人似的。我现在才意识到这一点。我看了看窗外那可怕的黑夜。猫头鹰刚刚鸣叫过。它吞吃着游荡在外的老鼠们，我们总是在花园里看到掏空了的鼠皮。它大概栖息在街的那边，在我们邻居家后面一个荒废的谷仓里。它让我变得平静，这只猫头鹰，我不愿意人们发现它的藏身之处把它赶走。很难说清为什么它能让我平静下来。我要述说一些蠢事了。

它让我平静，是因为我觉得好像当人们不在的时候，它便在那里，就好像是当人们睡觉的时候，它就来站岗，为了不让老鼠吃掉任何东西，为了让一切都保持井然有序，为了让人们在明天看到一切都正常。不对。我巴不得老鼠们把花园里所有的东西连同膳宿公寓一起吃掉，让人们找不到任何东西，或随便怎样，反正把这里搞得乱七八糟，不一定要由老鼠们来搞，可以是被别的什么东西，幽灵、恶魔、黑夜里的暴力行动，混乱到人们不得不把所有的寄膳宿房客们保护起来关上店门，到乡间去生活。最后不是这样的。

它让我平静，是因为我觉得它好像知道我在这里坐在桌前，它看到了灯光，冲我叫了一声，别担心我也在这里，不只是你在努力，我们两个人都在努力把花园从老鼠的手下拯救出来，它可能认为我也在忙着除老鼠，但在这种情况下我大概不会让它感到愉快的，因为那样它就不会有那么多的老鼠可吃了，它就不会向我发出友好的叫声，而是扔过来一声辱骂，你个鳗鱼脑瓜，管你自己的事情去吧，吃你的那些茄子去吧，把老鼠留给我，我就会对自己说它说得对，我忘记了自己不是在找老鼠，而是试图从心里摆脱老鼠，从心底里清除那些肮脏的老鼠，可能是这样，肯定是这样，却忘记了它不会明白，这与它无关吗？对，应该是这样的，但这样的话它就不会让我平静下来，与它想象的相反，这会使我担忧，我会尽力使它醒悟，安抚它，一边关上自己的灯。这就变成是我来安慰猫头鹰了，因此也不会是这样的。

它让我平静，是因为我觉得好像当它叫的

176

时候事物就变了，一切都变得有点儿可爱，有点儿飘忽不定，带点儿捕鼠性质，花园在微微地抖动以便把老鼠们都赶出来，里瓦尔楼所有那些像眼睛似的复折屋顶的老虎窗在黑灰色的栗树中寻找着什么，邻居家的风信标匆匆地转动了一下，它想返回山坡或别的什么地方去，总之只要猫头鹰一叫，到处都要动一下，它一停下一切又都恢复平静，它让我们保持警戒，它让我心绪不宁，我感觉到一种冲动，一种渴望。因此它并没有让我平静，相反。因此也不是这样的。

它让我平静是因为我觉得好像……够了。我知道这是些蠢话，但我有点儿希望，无意之间我抛出的是一颗珍珠。我失败了。

应当从大杂屋重新开始。看到加斯东站起来我很不安。我对他说了什么？对，不要忘了管道工。他对我说玛丽已经想到了，他明天来。我对自己说她想到了那是因为我提醒了她，但我没有说，我很有分寸。我对自己说是的，如果我不是勇敢的猫头鹰，让你们摆脱老鼠……傻子。可能又会疲劳，又是疲劳，人们怎样才能抵制疲劳？不把它放在眼里，我就是这样做的。我不想睡觉。我不愿意。这篇报告明天再写的话，我就会什么也搞不明白了，我就会全都忘记，不，这不可能，不，我不愿意。我会待在这儿就像孩子待在便盆上一样，他总是想站起来，母亲看他是不是拉了，他还是一点儿也没有拉，她又把他放在上面，直到他拉出来。我想同时做孩子、便盆和母亲。我把自己放在上面，当我装满了以后，我就喊我拉了便便。这个词总是给我以勇气，如果人们注意到了的话。便便万岁。管它呢，如果说我重复了自己讲过的事情，如果说我对此津津乐道。这是我的真理，我的力量，我的旗帜。便便万岁。我现在举着自己的旗帜，相信圣体瞻礼。但我并不在乎。我感到自己好多了。我精神抖擞、劲头十足。沮丧的打击？我刚刚受到的打击比这厉害得多，在今天下午又想到这一点的时候，当我又感到有什么事的时候，不过很快，一闪而过，而我并没有一直坐在他们的围椅里思索我的旧东西，也没有考虑这刹那间闪现的事情，已经受到了打击，我要承受这打击，直到晚上，整整一个月，整整一年，整整一生，好吧，但我并没有过多去想它，我对此已经是太习以为常了，人们根本不理解我，如果认为我昏头昏脑地反复品尝命运的打击，根本不是，它们自己在我的内心恣意享受，慢慢地品味，而我，我继续做着什么事情，马上又想起别的事情来，我行动起来，应当行动。我跟着加斯东站了起来，当他上楼去房间拿什么

178

东西的时候，我朝阶梯走了过去，我对自己说，我就在这里等他，当他路过时，我要问他去干什么，同时对自己说只要不是洗衣机就行，但我想知道，毕竟我们是合伙人，不能因为我不再跟他处在同一个层次上，他就可以对我爱理不理的，我是存在的不是吗？我是一个人，碌碌无为这是显而易见的，但这个人毕竟存在着，他自己知道这一点，他知道自己一事无成，他因此而苦恼，他十分痛苦，他在做自己所能做的一切事情，为了让人们容忍他，他说他藐视所有的人，说他认为所有的人，除了他自己，其他人都是笨蛋，全都毫无意义，他从来没有对他们正颜厉色地说过这一点，他小心翼翼地与他们相处，他调和矛盾，确实是这样吗？借口，我不是同一个层次上的，于是就没有我的存在？这真是太妙了，这真是太简单了，他们和我一样有义务容忍对方的失败，全都是些拖拖拉拉的胆小鬼、空架子，瞧，从加斯东起，他认为他是什么？他认为他发明了什么？就因为他掌管账目吗？就因为这些笨蛋们在意他对紫露草的态度吗？不管怎么说这真是太容易了，太简单了，我，我要去告诉他他是个什么东西，不是以后而是现在就告诉他，当他下楼时，他要从衣帽架上取下他的贝雷帽，把它戴在头上，他会在阶梯上看到我，他会像今天上午那样从我跟前走过去，或是绕道而行，为了做做样子，仅仅是为了做做样子，而我则要告诉他，他是个什么东西，就这样，在大杂屋和花园之间，在阶梯上，从这个时候起，阶梯将成为他的滑铁卢，就像人们说的那样，他会因此而目瞪口呆，大惊失色，倒在地上，肌肉松弛，他要吃苦头的，他会不知道自己身在何处，他会失去知觉，我就任他这样，一边我想着要跟他说什么，当我想起来后，我就俯身向他，不是扇他耳光，也不是给他一块湿抹布好让他睁开眼睛，而是对着他的耳朵孔扔去失败两个字，我要对你说的是失败，你是个失败者，你听见我的话了吗？不是因为你装模作样要买什么洗衣机，破机器，当今所有的人都有洗衣机，那不是什么新鲜玩意儿，不是你的什么发明创造，你什么也没发明，你听见了吗？什么也没有，如果说这些笨蛋们在意你对紫露草的态度，那不是因为你，而是为了报复我，她们根本不在乎你，她们只想着她们自己，她们认为报复了我，她们就不会那么不幸了，不过你认为她们不幸吗？噗——，废话，你听见了吗？废话。老早以来我们就没法经营这所狗屁膳宿公寓了，难道你认为她们没有意识到吗？她们没有意识到归根结底就是因为你，而我，很久以前她们就知道了我不是在一

180

个层次上的，而你，她们指望你，她们指望你指望了太久，太久然后喀嚓——突然间她们认清了事实，一个个都是低能儿，拖拖拉拉的胆小鬼，没有任何希望，她们还装作尊重你的决定，因为她们有这个习惯，但我可能只需说一个词，一个词，你听我说了吗？抬起小手指让她们改变阵营，让她们尊重我的决定，完全是我的，你是不是想知道是什么词吗，嗯，这个词，我抬起的这个小手指，可我是不会告诉你的，我要留着它，我要把它留给自己，你是否认为你的洗衣机会令她们感兴趣？勒贝尔不会，她反对，但阿波丝多罗、官泰夫人和埃拉尔夫人还有其他人，你是这样认为的吗？天真，你真天真啊，自负的小人，自负的小小人！我要告诉你这一点，为什么她们装作对此感兴趣，因为她们只是装装样子，因为非常简单，这为她们提供了一个话题，甚至还有勒贝尔，那种在某种意义上使她们感到满足的话题，因为这显得很新派，因为它很贵，但是你是不是认为她们太愚蠢了，无法明白我们是绝不会买它的？难道你没有意识到很久以来我们就在试图做点什么事情，试图现代化，更换家具，重新油漆，我们还没能办到这些，我们永远也办不到吗？重新油漆！更换家具！真的，你在捉弄我！要说我也曾经这样认为过，甚至直到刚才都这样认为，瞧，我相信我已经告诉了勒贝尔，好让她明年七月能让我们安静，我对她完完整整说过了，那么这太过分了，就好像我们终于能重新刷漆了似的，就好像我们会有什么似的，就好像我们会有勇气似的！你看到我们正在重新刷漆吗？我们天不亮就起床，手里拿着刷子到处干着这项活计，在这幢倒霉的破房子里，从上到下刷着？不至于吧！你可能会找到一个借口，你大概会为了洗衣机而整天、整月地算账，而我会独自承担这副沉重的负担？为了在十年后独自重新开始？不，你让我发笑，真的你让我发笑。重新油漆，你是否想过这会带来什么？要清理所有的东西，顶楼和壁橱里所有那些乱七八糟的玩意儿、所有那些埃尔麦斯一类的小雕像、所有的小摆钟、你钟爱的小摆钟、你喜欢的卡尔波的作品、你那些亲爱的祖母辈的东西，十年来它们在壁橱上面、各处，在所有的房间里，让我们厌烦不已，要将这一切清理、归类，然后把它们放到哪里去呢？就因为你认为自己想摆脱它们？我猜中你的心思了！你想把一切都留着，什么也不扔掉，全都放回原处，更确切地说是试图为每件东西找一个地方，就好像我们并没有试过一百遍似的，一百遍，我想起来了！我们又开始找地方，又会想出那些想过一百遍却行不通的主意，我们会想不起这些，会再次把你那些乱七八糟的东西，在所有的房间里搬来搬去，为的是看看放在那儿行不行，可是放在那里不行，没有地方，那么我们能怎么做呢？我们就会把它们放在壁橱里，放在那些壁橱里，看着那些煤油灯和炉子，我们会对自己说，它们很好看，这是些艺术作品，是些古董，我们不能就这样把它们扔在这个壁橱里，这是罪孽，瞧我说话就像勒贝尔一样，我们不能把它们扔在那里面，这是浪费，我们应当看着它们，这么漂亮的东西，现在不再生产了的东西，它们都价值连城，不是吗？那我们就把它们再拿出来吧，再给它们找个地方吧，可是放到哪儿去呢？放碗柜上不可能，放餐具桌上不可能，放餐桌上不可能，放灵柩台上不可能，那就放在大杂屋里吧，放在紫露草下面行吗？把南瓜换成煤油灯或酒精炉屁股？我们已经试过了可是你想不起来了吗？我们不知道该拿南瓜怎么办，难道你认为这一次我们就会知道吗？你看没看到我们的屋子到处杂乱不堪？你是不是认为长久以来我们原本就不会扔掉我们的画，只要把所有的东西都归位就行了，这要花费我们一整天的时间，我们忘了那尊可爱的乌东小雕像，我们曾试过把它放在钢琴上、放在花瓶和水烟筒之间，但不行，太挤了，我们再试又再次放弃，而后我们又拿起另一件可爱的小东西来试，然后到了晚上我们会发现自己正挤在一大堆杂乱的废物中吃炸丸子，明天还得重新收拾，不，不不，你真的让我好笑！真的，瞧，你让我感到可怜，对了我怜悯你，我很坏，他睁开了眼睛而我怜悯他，我对他说别担心，这些早就要说的，但说到底你完全知道，没有你我们可能早就关门了，他们都会在收容所里，我们指望着你，你知道的，你是必不可少的人物，比必不可少更甚，生死攸关的，生死攸关的，我说过是生死攸关的，我是什么时候说过这话的？在什么情况下提到的？我必须想起来，让我想想吧，总之他又站了起来，我把他的贝雷帽给他戴上，却忘了问他要去哪儿。

我夸大其词了？我把大家都不放在眼里吗？我不会回答的。

我跟在加斯东后面走了出去，但他没有上楼，他从衣帽架上取了贝雷帽，戴上，出去了。他明天可能会告诉我他要办的事，或是后天，或是某一天，这对我无关紧要。我可以猜到一切，每次都能猜得很准，我对此不感兴趣。不可能是什么非常了不起的事情，甚至洗衣机他可以买，如果他高兴的话，我们只得付钱，这有什么用呢？我刚才为什么要问他干什么去？出于习惯。他本可以回答我，他要去操

184

教皇，别的也一样，只是一个参考，这对我是无所谓的。首先这不会是真的，即使这是真的，可能的，教皇伸手可及，并且我也知道这一点，我也想到了这一点，那又能改变什么呢？在这一点上我夸大其词了，但有的时候人们有这个权利，发泄发泄，释放释放。我刚刚在无意之中玩了一个文字游戏，很无聊我承认，但却是无意的。我经常不由自主地想到文字游戏。可能不是文字游戏，但是这一类相近的东西，它们太接近了，人们不知道这一点，没有人知道这一点，人们就这样把它们说了出来，然后整个世界、整个宇宙都暴露在我们眼前，一些深渊，一些地狱。我东拉西扯地谈论他，谈论教皇，但我非常希望忘掉这些，只想着偶尔张开的深渊，不是深渊，想着人们不知道的什么东西，它突然在我们的眼皮底下开始动弹起来，或不如说在我们的耳朵底下动弹起来，耳朵开始看东西了，看得如此清楚，以至于整个一生都触手可及，使我们如此窘困而又贫穷懒散发臭的整个一生都无遮盖地敞在那里，我们可以将它握在手心，那是一只小鸟，如此而已，我们怎么能够做出同样的东西？很难说，非常困难。但我注意到总是词句为我揭示这类事情，总是那些无意识的联想，成对的组合或是比喻，总是这些东西。因此我说有些事情，我刚刚说过的，我现在想不起来是什么了，可能只是一个词句的问题。我说的很重要，非常重要。对我来说当然了。我说到哪里了。加斯东他走过了花园大栅栏门。我看见他走过的，我看见这个老头儿，现在没有别的词，脑瓜上戴着贝雷帽走过花园大栅栏门到了街上，去更远的地方，两百米，三百米，他的一生都用来走过这扇大栅栏门，为了到三百米以外的地方去办他要办的毫无意义的事情，没有任何意义的事情。是的，我想过这一点了。快也好不快也好，明确与否，我想过了，我现在记起来了。这个老家伙我认识他有十年了，我在十年前与他重逢，我却不了解他。我对自己说，他要去做的事，我胡乱地想象着他可能真的做了，但却没有任何意义，我知道这一点已经有十年了，然而我并不了解他。并不能因为我了解他的反应，我可以预见到他所有的反应，甚至提醒过他，我有时这样做，我有时会提醒他，他可能会有的，而他自己并没有预料到的那些反应，对啊，反应，不能因为这一点就可以说我了解他，那么是不是相反？突然我对自己说是相反。正是因为我知道他的反应我才不了解他的。这恰恰与人们常说的相反。但我对此已经习惯了，习惯了与人们常说的相反，这相反落在了我的头上。是的，落在。或是预兆？预兆。现在就是天使报喜。圣灵在我的肚子里放了一个精灵。大概是一只兔子，但是管它呢，我喜欢这个形象，我认为它是合乎情理的。我习惯了相反的事物。想到我不了解加斯东这一点并没有让我感到特别的惊奇。当时是有的，十五秒，一刻钟以后我就习惯了，然后我对自己说真的，我不知道为什么是真的，但我确实不了解他。我看见了邻居的花园大栅栏、风信标和稻草人。我对自己说加斯东就是邻居，这个家伙我想跟他说话，但我永远不会跟他说话，然后我想象我跟他说话，用各种这样的虚假对话填满我的人生，从某种程度上说这些对话支撑着我的生命，我现在几乎可以说，加斯东不比别人多，也不比别人少。然后我回到了现实，肯定在这个时候，我又回到了现实。花园里没有一个人，勒贝尔大概正在笨重的沙发上睡午觉，当大家离开那里以后，她便丢掉了她的毛线。我在想象，大概是在这个时候，但如果是在别的时候也罢，我认为这个时候最为合适，我想象着加斯东和邻居就是一个家伙，想象着我们对邻居一无所知是因为他是加斯东，他不让别人知道就是为了尽可能地把大家搞糊涂。这样的话邻居就是加斯东。他买下了这幢房子却没有告诉我，他做了这个风信标，扎了这个稻草人，放出风声说是一个退休的铁路职员，这就是，这就是为什么没有人认识他，没有人跟他说过话，这再清楚不过了。因为他从来就不在，因为我们没有见过他。但每当有人问起邻居是谁时，加斯东都说了些什么呢？他都说了些什么呢？这要追溯到很久以前了，因为现在再也没有人问了。还是因为加斯东把秘密告诉了他们，他们便不再问了？他可能将秘密告诉了他们，以便让他们不要再问了，这样我就不会听到大家对这位邻居的谈论？一个不让我知道的他们之间的秘密？这是什么意思？这个秘密又是什么意思？那只母猫脚痛就是因为这个？在邻居的花园里？为什么我总是想到猫？是个征兆吗？我被猫和征兆所包围？我掉进圈套里了？有人要掐死我吗？去你的吧！和你那些肮脏的猫滚开吧！镇静。镇静。

瞧这是不可能的，加斯东不能这样对待我，他为什么要这样做呢？有什么好处呢？我来告诉你们好处，可怕的好处。他在这幢房子里养了一些妓女并组织放荡的聚会，这就是好处。猪猡！十年来在我的眼皮子底下组织放荡的聚会，在我的鼻子底下沉溺于下流事！但是不要，我们不要激动，这不是下流行为，我并不反对好色，别人要这样我完全可以接受，那么我们就不要激动。可是不行，我很激动，可是不行，我反对这样，我不容许任何人这样做，这是完完全全的下流行为，我不能容忍，我不能容忍对它的容忍，我这就去警察局。这个卑鄙的家伙，跟我来这套！他一副迟钝的样子，矫揉造作、精打细算，有着傻乎乎的烦恼！这个下流的坏蛋。是这样对吗？承认是这样，承认十年来你在这幢房子里组织了狂欢晚会却不告诉我！承认吧，承认！警察，警察马上就到。

我的便便使我过于兴奋，我完全在胡说八道。但是如果我是对的呢？如果我在无意中突然发现了这个可耻的行为，如果这就是珍珠呢？这谁能说得准呢？谁又知道呢？我说到了这里。

冷静。再从头重新开始。我不能任自己继续这样下去。这不可能。冷静。镇定下来。从头重新开始。

我八点钟起床，是被玛丽叫醒的。她在我的门上敲了三下。没有必要。从午睡开始。他在官泰的围椅里发出轻微的鼾声。在这里。我们不要找不着北。我想象着他给我的感觉，然后我对自己说，我不再叫醒他是很对的，大家对他打鼾全都不在乎，我看见勒贝尔在织毛线，而阿波丝多罗在做什么呢？她坐在蓝色的围椅里脑袋越来越低，越来越低，然后她又抬起头勉强睁开一只眼睛，脑袋便又垂下去了，是的，她也打起盹来了。她在消化她的那些茄子、牛排、生菜、奶酪、桃子、糖块和咖啡，这对一个健康的女人来说实在是太多了。她竟然可以全都吃下去。她有风湿病是不奇怪的，这些东西阻塞了她的肢体，她的关节全都被奶酪和糖所阻塞。可怜的女人。我是否想过她能梦见些什么？我想，是的。我大概寻思过她是否还会梦见性爱。只要看见这张可怜的布满了皱纹的脸，低垂着打盹，头脑里还浮现出一幅幅淫荡的春宫图，我的心就抽紧了。可能她现在正叉开着双腿？不，不要有猥亵的言行。可能她正拿着风流情郎邀请她去尼斯的情书看过来看过去？可能她给自己做了一条带荷叶边和小孔花边的轻便长裙？为了去出席省政府的舞会？不，这更加令人伤心。比最下流的言行还要令人伤心，我的意思是。比任何猥亵的言行都更加令人伤心。最好还是想象她没有做梦，或是只有一只金丝雀的模糊影子，它给她带来天堂的消息。她从那只形影模糊的小鸟的脖子上取下短笺，看到里面有一枝散发着芬香的玫瑰，它告诉她流放结束了，我亲爱的，完全结束了，我们进入天堂吧。于是她拽起她那新娘的拖裙走进了天堂。对，我更喜欢这样。

加斯东醒了，他伸了伸懒腰。两点差二

190

十。他看了看手表。两点差二十，我得走了。我什么也没有问他，可能这让他感到奇怪，于是他说我有好些事情要办。还是什么也不问。其中还有找管道工的事，他说，玛丽去过他那里了吗？还是什么也不说。她大概又忘了，我得去一趟。他这样说了，他说了他要去管道工那儿。而我绝对什么也没有再说，我现在知道是为什么了。因为当他还在打盹的时候，我就想象着他醒了后就会告诉我说他有一些事情要办，一边做出一副心不在焉或神秘兮兮的神情，这都一样，我如果出于过分的好奇问他都是些什么事，他就会对我说我以后再告诉你，而我知道他是不会告诉我的，他知道我会忘记的，他就这样转弯抹角地溜走了，而我却会因此受到伤害，我会对自己说，他对我爱理不理的，我知道自己会发火生他的气，会因此而失去理智，我想象着等一会儿当他戴贝雷帽的时候，他会对我颐指气使而我却只有擦眼泪的份儿。这就是我什么也不说的原因。因为我可能很无知但我并不蠢。我不愿意时时刻刻上当受骗。我毕竟是有生命的，有敏感的神经，我不会甘愿受到伤害，受到侮辱，我受侮辱受够了，我特别注意避免的就是这个。我年轻的时候，总是带着这个想让自己得到锻炼的怪癖，认为那些侮辱、对自尊心的伤害对自己都有好

191

处，它会让我进步。于是为了这个目的我卑躬屈膝，任人摆布。到后来我意识到这很傻，非常错误，不应当这样或不管怎样不应当再继续这样下去了。我因而失去了自己的辨别力，由于自尊心受到过多的伤害而变得一钱不值，而这样不仅我，关键就在这里，不仅仅我为此而受到折磨，还有别的人，当然还有别人。我甚至再也不能跟他们说话，我时刻都在害怕他们会认为我自以为是，自以为了不起，如果我要说什么事情我总是说得杂乱无章以至于他们根本什么也听不懂，他们不仅什么也听不懂，并且还说我真是一个最笨的大笨蛋，不仅是最笨而且还是头号大笨蛋，他们绝对不能像他们所期望的那样、像他们所需要的那样来指望我，他们原指望可以到我这儿来寻求庇护，结果却发现这里只不过是一件发出体臭味的汗衫，我比废物还糟糕，我是只害虫。这就是我不愿意再让自尊心受到伤害的原因，就是这个原因。或差不多是。

还是相反？如果我还相信自己年轻时所相信的那一套呢？够了，够了。注意情绪。

当加斯东出去后，我去了花园看丰丰在干什么。从吃甜点时起我就已经想到他在做蠢事，要么就是在栗树上爬来爬去。我在树丛里看了看，什么也没看见。我去了杂物间，那里也没有。我到了花园大栅栏门边，看了看街上，没有。下午没个好开始。我甚至连这个消遣——让丰丰来烦扰我——也没有了。我还没有说过这一点，但这是真的。我每时每刻总是在找东西，如果不工作的话，即使是植物学也让我感到厌烦，于是我很高兴被人打扰。寻找什么东西或者工作，归根到底都是一回事，我现在说出了这一点，很快地，带着羞耻感，我并不总会承认这一点，我希望不要再说到它。我强迫自己专心于植物学。于是就需要寻找某样东西来使自己得到消遣，我几乎是有点儿故意地对自己说，我应当首先找到这样东西。但马上我就感到厌烦，因为这不能让我得到足够的消遣，这过于像是在寻找另一样东西了，于是我就指望被打扰，但我还不敢去挑起它。原则上是它们自己找上门来，特别是丰丰，我想必须去看看。我对自己说再来一次打扰吧，又要离开工作台，讨厌，但我很高兴。是的我现在非常快地说出了这一点，这可能会使得我的这一整篇报告显得不真实，可能会使我很快就感到厌恶，那么我就应当忘掉它。这甚至可能已经让一切都走了样。至于引起干扰，我还不敢坦率地、直截了当地这样做，我可能已经养成了试一试的习惯，向干扰敞开了大门。这是合乎逻辑的，因为我期盼着干扰就像仁慈的上帝期待着善良的灵魂一样。在厌烦植物学或寻找的模糊感觉中，我希望有明明白白的麻烦事出现，我朝着它可能出现的方向走去，无意识做的，同意，但却是我从中得益。只要我对自己说，上帝这会让我感到厌烦，又要拿起放大镜来看这朵雌蕊，或是上帝这会让我感到厌烦，又要第一千次到走廊上去寻找那张纸或是某样东西，只要我对自己稍稍大声或稍稍轻声地这样说一下，无意识就会被唤醒，就会做它要做的事，它就会轻轻地用手拉着我朝明确的方向走去。它是怎样做的，我不想知道，我的生活会变得不现实，我就再也不会有麻烦事了。我从来不敢故意去挑起麻烦事，我了解自己。

　　街上没有人。邻居房子上的光线真可怕。我的心痛并没有随着咖啡过去，我说过，它加剧了。我对自己说应当吃点什么东西，一点点白兰地，一点点烧酒，一点点东西。我回到了食堂。我打开了碗柜。我给自己倒了一小杯烧酒。这时玛丽拿着餐具进来了。她看见了，尽管我把小酒杯握在了作贝壳状的手掌里。她对我说，好啊您就捅马蜂窝吧，继续，这样事情都会顺利解决的是不是，这样什么问题都没有了。声调并不像本该会有的那样恶毒，在我们发生了餐巾和肉店的争吵以后。这简直把我的心劈去了一半。我对她说，玛丽，我对餐巾的事感到抱歉，我完全忘记我把手帕放在大杂屋里了，而您知道这与加斯东先生有关，每当丰丰开始吸鼻子就得马上给他拿手帕，他是不是已经开始吸鼻子了，我没法告诉您但他就要吸了，他肯定就要吸鼻子了，于是您看到我那么急地冲过去，从抽屉里拿出那条餐巾，我知道我不该拿的，请您原谅，您看我马上就去把它放到脏衣物堆里，我已经把它拿来了。她对我说，不必了，我自己去放，您把它给我吧。声调一直是说得过去的。于是我只得再说点什么，一边对自己说，最后我会把她惹烦的，但我实在没有办法。我感觉到自己实在是没有办法，我喜欢这样，于是不顾一切地说了下去。我说，您知道肉店的事，您完全是对的，阿波丝多罗夫人总是说有位女士告诉过她，但她把这几年的事都搅和在了一起，您是了解她的，如果说加斯东坚持，那并不是因为他不怀好意，不如说他什么也没想，找不到解决的办法让他感到恼火，就是这样。但大家认为另一家肉店要好些，而我知道这是不可能的，如果我没有记错的话，您想想那块简直不能吃的肉，您拿着生菜回来一边对我们说您要换一家肉店的情景就在眼前。她把餐具放到碗柜里，就好像没听见我说话似的，她有这个习惯。这使我有点儿不舒服。我想有所表示。我对她说，来

195

吧，和我喝一小杯吧，一切问题就都解决了，就像您说的那样。她转过身来看着我，神情是那样惊愕，以至于把我的心又劈去了一半。带着剩下的四分之一心脏，我给她倒了一小杯。她并没有说不。我对她说您坐下吧，我们来谈谈您的侄女。她没有说不，她坐在了阿波丝多罗的椅子上。

我们说了些什么以后再说吧。

我们谈了一阵，我们又倒了一小杯。在大杂屋的勒贝尔大概醒了，并听见了我们说话，这使她感到惊奇，她来到食堂，打开门一边说，我是不是把一根针落在这里了。那样子又浮现在我眼前。她看见了桌上的杯子。她的神情是那样地惊愕以至于我那被切成四瓣的心脏又黏合在一起了，而我实在是没有办法，我感到实在是没有办法，我对她说了一句极凶狠的话。我对她说，哎，是的，您看，我们这些人，我们没有求助于祷告上帝，而是求助于一杯小酒。我太过分了，但这是一杯小酒引起的。玛丽很尴尬，她站了起来，一边说她还要去洗锅。勒贝尔一直等到她出去后才对我说我的玩笑话是造孽，总有一天我会因此而得到报应的，您瞧着吧，我可不愿意像您那样。我说我也不愿意。这意思可以是我不愿像我自己这样，也可以是我不愿意像她那样。她装作在找毛线针，结果她看见了玛丽落在阿波丝多罗椅子上的餐巾。她说您真该自己把它放到脏衣物堆里去的，就像您曾许诺过的那样。然后她出去了。

出于消遣我正在寻找某件用具，却没有找到。

特别是，我已经意识到没有必要再寻找我的那张纸了。我重新写了我的生活，我重新做了一个跟以前一样的报告，我不愿意写的，我听任摆布，想后退已经太迟了，我承认。也没有必要说这一切，现在都已过去，我对此并不在乎，就像不在乎第一件衬衣一样。无论是今天还是昨天还是另外一天，对我来说都是一回事，而明天还将是一回事，一点儿也不要紧，没有一点儿关系。我重新开始报告我的生活，为了试图使自己得到解脱，同时知道这是没有用的。至于为什么是这样，我没有什么可寻思的，我继续着，这事让我忙着呢。但有个声音告诉我说，如果我不再找那张纸了，今天的事情是不会过去的，我的报告会比以前的报告更加失败。如果我继续找，如果我对自己提出问题，那么我可能会知道为什么，但这使我厌烦，我宁愿不去考虑相信自己的感受。因为这个明确的理由，我在这里说的，我马上还要说的事情更多。我不想更加失败，我想使自己保持在同一个水平。因此我反复说，我在寻找那张我今天上午没有找到的纸，我装作继续在找它。仅仅是装作这个词，就已经把一切全都摔在了地上，因此我就不再说这个词了。快点，快点，忘记吧。幸亏这是容易的。再说一遍，我在寻找那张纸。再说一遍，我完全不在乎。这是多么容易。但它是如此真实，我是如此不在乎，以至于如果人们能够摸到我的底，就会大吃一惊。是颓丧，但已经这么久了，这对我再也不会有任何伤害。甚至在知道我重新报告自己的生活毫无意义以后，我也无所谓。可能有一些人对此能够理解，但大多数人不会，我再说一遍我对此不在乎。从某种意义上来说这才精彩呢，对那些理解我的人来说，如果有的话，而我对此并不在乎，人竟然可以不在乎到这种地步。这可能是唯一的确不让人恶心的事情。想想看毕竟任何事情对我们来说都无所谓了。任何烦恼、失败都无所谓。人们还能继续反复地讲述它并无恶心的感觉。这甚至是一种无与伦比的美。根本不可能拿它去与什么相比，因为逻辑人们就是不在乎。享受一会儿慢慢品味的乐趣吧，我慢慢地品味着。好了，过去了。我不再享受了。结束了。再说一遍我在寻找那张纸。就是这个让我得救了。如同往常一样。我的意思是这会显得很奇怪，竟会想到

198

自己得救了，因为每次我都得重新开始，对失败感到满不在乎。

我八点钟起床，被玛丽叫醒。她在我的门上敲了三下。如果我不咕哝一下，她会一直敲到我咕哝的。早上不可能说话，即使是答应一声也让我感到不舒服。特别是答应。今天早上我立刻就醒了，或至少我是这么认为的，我不能肯定。问问玛丽。然后我穿上便袍下楼去食堂喝茶。

当我想这些的时候，我知道我在寻找什么，但我记不起来是什么了。我有这个习惯。如果不是那张纸，那就是别的东西，这一点儿也不重要。只是为了使事情简单化我才说是那张纸。总该把事情简单化，才不至于总落入错综复杂之中。这是我所学到的东西之一，有时派得上用场。但是不要由此认为我不再寻找任何东西了，这不是真的，并且这会让我感到伤心。对我不公正，我不能不在乎。可能就是因为这一点我才有活力。

我下楼到食堂去喝茶。但我遇到了从厕所回来的阿波丝多罗。她的衣袋里鼓鼓囊囊的，还装着一筒纸。下楼梯时我寻思着我是不是确实与她打了照面，还是我与昨天搞混了，但我不得不对自己说，这没有什么关系。

别的东西。如果我说我找的可能不是那张

纸，而是别的东西，那是出于以下的原因。我刚刚试图重新编写我的植物学段落，而我终于非常成功地干了起来，所有的资料我全弄到了。我明天还要继续。我先把这篇报告写完。说是那张纸但肯定是别的东西，但不管怎样同样是必不可少的。放心吧，同样是必不可少的。而我是放心了。

当我喝茶的时候，我被自己逗笑了，我对自己说我在走廊里碰到的可能是玛丽，她对我说，别以为是我，是阿波丝多罗夫人，然后她滑稽地学着阿波丝多罗，拖着步子回房间里去了，她围裙的口袋里鼓鼓囊囊地装着揩屁股的纸。是的这让我发笑，我的要求并不高。当我笑的时候，玛丽走进来，把什么东西放到碗柜里，她对我说，您为什么发笑，是不是我头上长了角？阿波丝多罗在那里。她说她感到不舒服，她喝完了加奶的咖啡然后上楼一直睡到中午。对了。我知道她整个上午在哪里。只是我没有在走廊上碰见她，一个小小的修正。就是她问我是不是我长了角。

他妈的。

我又想呕吐了。只要一想到必须重新开始我就垮了。我从太远的地方重新开始。我甚至根本不应当重新开始的。不应当再说某些事情的。应当继续。我们说到了下午。再次陷入深

200

渊的那种沮丧让我搞混了。我搞乱了手提箱然后对此后悔不已。让我们忘掉吧。我继续。

一个小小的说明。有时候阿波丝多罗在十点钟以前下楼来，而今天上午正是这样。她没有睡好，她下楼来喝加奶的咖啡，试着给自己提提精神，可是不行，她发现她不舒服，于是她决定再去躺，一直躺到中午。是这样的，我将不再谈这一点了。

勒贝尔从食堂出来了。我已经把小酒杯放到厨房去了。玛丽告诉我，她不想让勒贝尔小姐认为她喝酒，她知道我和我丈夫的事，我总是说喝酒是耻辱，可我却喝了酒，这都怪您。我告诉她，不要担心，我马上就去告诉勒贝尔小姐说，我请您和我喝了一丁点儿烧酒陪陪我，因为我想到午饭时发生的事让您不高兴了，这完全是事实，不是吗？她对我说，事实上是的，但您去告诉她说，您非要我喝，她那么坏，完全有可能在这两天把这事给我捅出去。我说，我向您保证。告诉勒贝尔玛丽的事。我回到大杂屋，阿波丝多罗还在那里睡觉。我非常轻地走过免得把她弄醒，我看了看要把欧仁妮往下放多少才能遮住污渍。顶多二十厘米。我非常轻地把粗笨的沙发拖开，把小梯凳放在欧仁妮的画像下面。然后我从壁橱里拿出工具盒，翻找着用来挂画的钉子。没有足够大的。正当我出门要去杂物间时，阿波丝多罗醒了。她问我说，我是不是睡着了？为了让她不感到难为情，我对她说，噢，几乎没有，加斯东刚刚出去，还有勒贝尔小姐。她问我在做什么，我告诉她我想把欧仁妮的画像移动一下以便把污渍遮住，我正要去杂物间看看是不是能找到一颗足够大的钉子。她对我说，为什么您不用就在那里的那颗钉子呢？她这样说让我感到很惊讶，这是对的，但我总是在拔钉子时把钉子扭歪，以至于还没有试，我就已经看到它是歪的了。因此我试了试。它自己出来了。我在下面二十厘米处把它又钉了进去，但并没有因此而好一点儿，我看到上面有一道颜色非常深的印子，画纸在下面显得更加难看了。阿波丝多罗对我说这看不出来，但没有用，因为她什么也看不清，我不满意。我想那道印子很快就会变黄的，这仍然是个败笔。然后我把梯凳放回书架前，把沙发又推了回去。

当我情绪不那么高的时候，当我不写东西的时候，我反复讲述自己想到的那些基本事情以从中获益。再说一遍，无论如何我并不愿意以怪诞而哗众取宠，我其他的那些报告之所以失败可能就是因为这一点。我不愿意变得讨人嫌，这很正常，但还是应该宁可单调乏味也不要写些虚假的趣事。我应当说一些真实具体的事情。如果我丧失毅力，我就背离了这一点，我过分夸张，就会完全陷入幻想之中。这很糟糕，很糟糕。我的生活像所有人的一样，艰难而令人厌倦，我知道自己永远摆脱不了它，并不是愿意找到新鲜事儿就能摆脱得了，正相反。只有说明其状况，我才更有机会来摆脱。暂时摆脱。说一些明显的伤心事并不一定会令人厌烦，不应当是这样的。当人们像我一样没有多少才华时，应当以此为限。那些有才能的人可以夸张，他们可以一冲到底，渡过难关。人们称之为移位，这是一种诗学。它不属于我。我年轻时非常喜爱移位，并错误地认为它也属于我。看到人们将自己的爱好和才能混为一谈，是生活的悲哀，是生活中一个小小的折磨人的谜。例如一些人对商业感兴趣，他们钦佩大生意人，他们勇敢地投身于商业中，把他们的生命都用于尽力弥补资金缺口，支付债务。因此他们不是工商业家，而他们本可以幸福得多，如果他们只从事一种生意，他们本可以轻而易举地驾驭它，而不是失去钱财，失去理智，做不成任何生意。或者是一些像我这样的人，他们也有混淆的倾向，他们大胆地书写一些与他们的生活没有任何关系的报告，仅仅因为他们的想象力引导着他们。再说一遍，所有的人都有想象力。再说一遍，所有的人都想将其释放出来。再说一遍，我摆脱这些的唯一机会就是尽责地待在原处。当我这样对自己说的时候，我仍然感觉到自己在夸张，觉得自己在夸大其词，为了哗众取宠，强调令人烦恼这个词。但这也是一种错觉。我想讨人喜欢的愿望是那样地强烈，以至于我利用一切机会来达到这个目的，而每次我得到的都是失败。灾难也不属于我。直到现在，从这个意义上来说，我已经夸大得够厉害的了，够厉害的了，我为此请求原谅。幸亏我还时不时地保持清醒。说到底我只是因为害怕再次遭到失败而请求原谅的。因此这一次我还有希望失败得不那么厉害，我说同等水平，但我夸张了，我希望失败得不那么厉害，我应当承认这一点。这一切是因为有一阵子我曾认为希望是个毛病。我曾认为这是有毛病的人的特征。为了不夸张，我们就说那些弱者吧，那些像你我一样的人。而我那时没有将自己算在其中，噢不。大错特错到这种地步真是可怜。于是我沉溺在失望之中，这是我的乐趣。不仅大错特错而且还不诚实到这种地步。是的，我曾经很不诚实。我的那些报告失败了活该，活该如此。在这篇报告里，我一开始有点儿背离正轨，借口要比现在更吸引人，我应当马上想办法打自己屁股。要是我有个什么人就好了！一个明白我的感受的人，但这过于美好了。应当独自负责。责任。我们不要坚持了，这不是我的事。如果为了做到完全的诚实，我应当说，由我负责，那么我就这样说，我的报告的开始部分是虚假的，我很高兴承认这一点。不是高兴，是顺从。我否认到目前为止我所说的一切，我的意思是那些听上去虚假的段落。我从来措辞不够谨慎。这就是我要去做的，我刚刚闪过这个念头。每次刚刚发出一点点儿难闻的味道，我就会觉察到夸张了，我就会停下来，我就会想象有某个人明白我的感受。在这个时候，我就应当低调处理，我就应当实事求是。对，这是一个好办法。我把它记录下来。在一张纸上。在那里。我把它放到我的身旁。我把它留在我的桌子上，每时每刻我都可以看见它。

夜已经过去很长时间了。猫头鹰睡觉了。我继续。太阳再次把屋顶和花园烤热，可怕的阳光就要照耀着整个白天。在这个时候我应当说，它不是那么令人厌恶但我还是不愿意陷入这一希望之中，这过于愚蠢，因为我知道这不是真的。还是不要觉得处处都有希望。有几只燕子，是的。幸亏它们不叫。我相信它们只在这个季节开始，当它们到达的时候才叫。但我可能搞错了。不管怎样反正今天早上它们没有叫。我看见在大教堂那个方向有两三只燕子，远没到大教堂，大教堂那边我就会看不大清了。在里瓦尔家房子的右边，我看见下坡的那条街上临街的房子，如果离开椅子站起来我就差不多可以看到，更确切地说是猜到，一个小小的缝，不是缝，而是一道小小的不同的光线，它表明那里有一个缺口，河水在下面流淌。但这是因为我知道这一点。如果某个人第一次来到我的房间，他是什么也看不见的。天空是苍白的，这种晴朗的天空让我泄气……我的办法成功了。想想办法。

　　我从我和玛丽在厨房里的时候重新开始。我答应她去告诉勒贝尔是我坚持要她喝的。告诉勒贝尔、玛丽。然后我出去，到了花园。我对自己说，现在不是对勒贝尔讲话的时候，她又坐在了花园里，我可能犹豫了两秒钟，三秒钟，我的心痛还没有过去，我又回到了大杂屋。不是。我说到欧仁妮了。我刚刚把它移了地方，我看见了上面那道颜色更深的印子，然后阿波丝多罗对我说这看不出来。是这样的。她显得有些说不出来的不舒服。真的是不大舒服。我感觉她本想让我对她说一说大致的生活、她的过去、她背井离乡的温情、伤感的事情。只有这些能使她振奋。但她不敢要求我，她的眼睛抬了起来，又马上垂落下去。她慢慢地摆弄着她的头巾，三角围巾。她经常戴一条头巾，她有许多头巾，带花的，几乎所有的头巾都带花，除了一两条以外，两条我想，最后我想起来了，她可能有更多的头巾，两条不带花，一条带条纹的，另一条什么也没有，白色的。我不能说她戴的是哪一条，我想不起来了。但我没有勇气与她一起，再一次沉浸到她的生活之中。我选择了一个折中的办法，我对她说我们可以看看加斯东的照相簿，您觉得怎样？不需要过渡，不需要组织与这句话相连的句子。她马上就说好的。这证明了我没有弄错。加斯东的照相簿在五斗柜的第一个抽屉里，左边。这是一本相集。家庭照片。膳宿公寓式家庭。他从前拍了很多的照片，现在不再拍了，或者说差不多不再拍了，几乎不再拍照了。以前这是他的癖好。只要稍有机会，喀嚓，照片。成堆的照片，我们把它们贴在照相簿里，这是我们晚上的消遣。说到底这并不比别的东西更糟。

我从抽屉里把照相簿拿了出来，然后我们坐在了圆桌前，这比把照相簿放在膝盖上要好一些，而我并不想碰阿波丝多罗的膝盖。照相簿平放在桌子上。

我不需要照相簿就可以说出所有的照片来，我将它们牢记在心。这至少是一个真实的时刻，没有办法弄虚作假的。第一页，上方的第一张照片，是我与加斯东重逢时照的。我正沿着停车场散步，在人行道上。那是夏天。我穿着一件深色的鳄鱼牌衬衣和一条白色长裤，一只手插在衣袋里，另一手悬在空中，夹着烟。我几乎可以回想起我当时对自己说，神情自然些吧，我很快地点燃了一根香烟，就这样夹着它悬在空中，就好像我正在抽烟，他抓拍似的，还应当带着一丝无拘无束的微笑。是的，我可以说我想起来了，不管怎样相似的情形有百万次，我对自己说我们神情自然快活一些吧。让我吃惊的是那一次竟是那样快活，我大概很高兴，我很高兴又碰到了加斯东，并与他讨论，又找到了家庭式膳宿公寓这个方案，就因为这个我的神情是如此自然如此快乐。我那时还有头发，它们刚开始脱落，而我非常仔细地保养它们，洗发剂，按摩，但无药可救。我穿着一双白色的绳底帆布鞋。后来我不喜欢绳底帆布鞋了，它们会发臭。左边露出一截树枝，树叶阔大。那是一棵美国木豆树，我对加斯东说，就在这里拍照吧，在木豆树前。因为我一直很喜欢木豆树，这种树让人想起热带地区，尽管它在哪儿都能生长得很好。左边是一小段车行道。后面就是人行道，背景紧挨着停车场，两个女人坐在一条长凳上，面前停着一辆儿童推车。她们注意到了加斯东，她们朝我们这边看着。一只小狐梗围着童车转来转去。更远一些，在稍右一点的远景顶端，是储蓄银行大楼和它的圆屋顶，圆屋顶上飘扬着一面旗帜。上方，晴朗的天空中飘浮着一小片白云。

下面第二张照片，还是在第一页，加斯东在同一个地方。深色的鳄鱼牌衬衣，白色长裤，绳底帆布鞋。他并未做出无拘无束的神态。由于真实自然，他的样子显得几乎有些愚蠢，他沉浸在无比的快乐与温情之中。他对我们的计划感到那样高兴以至于他那并不复杂的本性都流露了出来，可以这样说。他也夹着烟悬在空中，但他不是装样子，他停下没吸烟是为了照相。背后，两个女人一直在看着我们，而那条小狐梗在朝着童车的一个轮子撒尿。我觉得，我不敢肯定，远远地，因为看不出来，我朝两个女人嚷嚷了几句风趣话，但我记不起来说的是什么了。什么也没说会让我感到意外的，我非常了解自己。

下面第三张照片，加斯东和我在同一个地方。我们请一位过路人，一位在人行道上推着自行车的骑车人给我们照的。他停好自行车来给我们照相。在这张照片上，可以更清楚地看到我的微笑是虚假的，而加斯东的微笑却不是。至少我能看出来。我几乎还能想起我对自己说，向他靠近一些，做出友好的样子，但不要太近，以免显得滑稽可笑。于是人们看到我上半部靠近他，从胸膛往上，但双脚却更靠左边一些，几乎失去了平衡。像我这样了解自己真是糟糕，就不再有快乐，不再有惊喜。两个女人没有看我们了，那只小狐梗躺在了小童车的脚下。马路上有一辆车开来，没有车篷。相当远。还有一些脑袋露了出来。最远处，还是那栋储蓄银行大楼和飘扬着的那面旗帜。小朵云彩拉长了。

后一页的左边，骑车人。为了感谢他，我们说给他和他的车拍一张，那是一辆崭新的自行车，他非常自豪。这是个年轻的家伙，鳄鱼牌衬衣，白色的，反正是浅色的，深色的长裤，白色的绳底帆布鞋。他大笑着，牙齿全都露了出来，比加斯东还要自然一些，如果可以比较的话，他扶着自行车，车子在阳光下闪闪发光。后面，两个女人还是没有看我们，但那只小狐梗又站起来了，绷紧了牵它的皮带。马路上的那辆车差不多越过了我们，还能看到一个姑娘的半边脸庞，她朝我们抬起一只胳膊。远处，是那栋储蓄银行大楼和飘扬着的那面旗帜。那朵小云彩散成了丝缕。

阿波丝多罗说，你们那时多年轻呵，我想说变化太大了，您的头发，加斯东先生那么瘦，这是你们多么美好的回忆呵。我提醒她说，那时人们称加斯东为绅士。她对我说，他一直都是绅士，您知道，他是一个高雅的人，这些东西是不会消失的。我对她说，那当然，但身体方面有什么办法呢。她又说，多么美好的回忆呵，还有那个骑车人，你们不认识他吧？她是真的想多看看这张照片，她早就知道我们不认识他。我说不认识，根本不认识。我们曾答应把照片寄给他的，他把地址给了我们，可是您看，照片在这儿。她说，真遗憾，这本会给他留下一段美好的回忆。

右边那一页，是度假时认识的一些朋友。我们在那边遇到的一些人。一个男人和一个女人，她戴着高帽子，穿着浅色的长裙，他胳膊上挂着雨衣。一副被假期朋友淹没的神情。我们在一起干了什么？我们对他们说了些什么？我根本想不起来了。他们大概很随和，所以我们给他们拍了照片。我们肯定互相说过，我们会成为长期的朋友，我们互相邀请。他们在公园里，音乐亭的前面。还有一个孩子坐在栏杆上面。

下一张照片，是我和另一些度假的朋友在海滩上。我们这群人非常快活，一个小伙子拿着一瓶酒，一个姑娘正在喝酒，其他的人在笑。我的神情不像平常那样紧张，盘腿坐着，脖子上围着一条毛巾。可能是中暑了。

下一张照片，还是那些朋友，但没有我。他们在跳台的尽头，一些人坐着，一些人站着。还是那样笑着。但一副沉湎其中的神情，不管有没有跳台，不管有没有笑容，他们的神情都一样沉迷。好像他们还在提醒我们，不要忘记他们，好像他们事先就知道，这不能指望似的。

这样的照片有四页，在我和加斯东还去度假的时候拍的。这持续了多长时间？两年，第三年只过了半个假期，花费太大了。后来他就去他母亲那儿度假，再后来是每两年度一次假，再后来就没怎么度假了。从第五页开始是寄膳宿房客们的照片。在贴照片的时候，我们一开始并没有把它们混在一起，尽管他们已经在这儿了，有些人，从一开始。

首先是勒贝尔乘出租车到来，她没有坐长途汽车。出租车开进了花园，在调头的时候它差一点压着了一棵桃叶珊瑚，加斯东的叫声现在还在我耳旁回响，他大概正在给花园拍照片，就是同一页上面的那些小照片，他利用这个机会拍下了勒贝尔和她乘坐的出租汽车。我已经把手提箱拿了下来，而她数了手提箱发现少了一个箱子。她旁边是手提箱和司机，加斯东就这样把她照了下来，他们俩人都微笑着。后面是敞开着的花园大栅栏门，还有邻居家的稻草人，但不是现在这个，它戴着一顶鸭舌帽而不是礼帽。

　　下面一张还是勒贝尔，但不是在同一天，她坐在花园里，坐的还不是那张红椅子，那是后来她在平价商店里买的。加斯东马上就对我说，她挺不错的，这位小姐，我们跟她绝不会有什么麻烦，不会，像有些说话粗鲁的寄膳宿房客会发生不愉快的事儿。他那时还不了解她。从体态上来说，他觉得她很出色，就像他说的身材瘦小，着灰色长裙，还有双肩，紧紧围着披肩，以及她整齐的头发，是的他爱上了勒贝尔，给她拍了照片，当她没有注意的时候。我们看到她低着头，把手里的活计放在双膝上，一件缝纫作品，不是编织的。她当时做的活计，我后来看见她还在做，她现在仍在做，她每缝一道褶边，就要背诵三道圣母经。

　　下一张是我，还有几个油漆罐，在台阶上。不算勒贝尔周围那几张花园的小相片。我们看到栗树那时还没有被砍去半截。不过杂物间也很破烂。关于邻居家稻草人的鸭舌帽，我记不起来他是什么时候换的。可能他做了好几次稻草人，在十年的时间里。像这样的一些细节总是会被遗忘。除非以后我还能想起来。

　　之后的那些照片，我很难准确地按顺序回想起来。算了吧。后面有一张是官泰夫妇到来时拍的。我已经把手提箱拿到楼上去了，官泰夫人已经数过箱子，少了一个。加斯东把他们留在了花园，请他们喝接风酒，想怎么说就怎么说吧。就照他说的那样，在葡萄架下喝一小杯白葡萄酒，他说的一些句子像唱歌似的。从某种意义上来说这很感人，他认为自己实现了在乡村生活的梦想，可以无所事事地喝喝白葡萄酒，诸如此类的事情。我们看见官泰夫人，非常枯瘦，面色非常苍白，僵直地坐在椅子上，头上戴着帽子，穿着无袖胸衣和一件大概是浅灰褐色的轻便外套，她几乎只穿浅灰褐色的衣服，这是英国风格。她的神情显得极其优雅但她没有看镜头，她朝她的丈夫看了一眼，他大概在说什么不愉快的事情，或是他感到哪儿有点不对劲，可能是他的外套，我们看到他外套的纽扣是开着的。他们站在里瓦尔家的那面墙前，加斯东推开了小铁桌，为了让阳光更充足一些。

后面最有意思的是野餐时的那些照片。我们一开始组织的那些讨厌的野餐，星期天，在官泰夫妇和勒贝尔做完弥撒以后。他们十点钟去做弥撒。官泰夫妇总是两人去，勒贝尔已经先走了，她说她需要在日课之前冥想。他们经常一块儿回来，近十一点半的时候。以前我们会组织夏日野餐。那是开始的时候，我们探索

214

这片土地，那么新鲜那么美丽。我们或是去河边，或是去小山丘，那些地方还不是那么荒凉。但所有野餐的照片，当我再想到这些野餐时，眼前浮现出的跟照片并不一样，我的意思是第一印象，我脑海里的野餐全是在荆棘丛中、刺蓬堆或枯树下。这大概是心理问题。我翻看着照相簿又看到了草丛，知道我们是在草丛中或是在树林里的灌木丛中也无济于事，每当我想到野餐的时候，我眼前浮现出的只有令人伤感的景色。官泰夫人总像是站在金字塔顶端，我们总是围成一群照相，她的左边一般是她的丈夫，她高出他一个半头，她的右边是埃拉尔，有时是阿波丝多罗。可能是因为在大部分情况下，她确实总是站在最高处，或是照相时她身板挺得非常直，以至于在每张照片上我们首先看到的总是她。当我再想起某张野餐的相片或不如说我们这一群人的照片时，我要首先注意的是摆脱那些荒凉的小山坡和对她现在的描绘。

当我和阿波丝多罗翻到野餐的相片时，她说，我们的野餐，我们可爱的野餐。我们没有继续去野餐是多么令人遗憾呵。为什么我们没有接着去呢？这个愚蠢的问题，对一个患有风湿病一步步挪都困难的老太太来说，就不显得那么愚蠢了。既不是因为阿波丝多罗的风湿

215

病，也不是因为这个人或那个人感到很劳累，我指的是体能上的，使得我们没有接着去野餐了。是精神上的问题，野餐了那么多次以后还去野餐让人感到厌烦，总是去那么几个地方，带着发臭的橘子、坚硬的鸡蛋、沙丁鱼，蚂蚁、太阳，以及在我们这个团体内渐渐滋生起来的厌烦情绪，一旦赞叹起榛子或蕨菜来，餐桌上的话题除此以外就别无其他了。那么就待在家里好了。是的这个问题很让我感动。我回答她说，您知道我以为野餐实际上给女佣们带来了麻烦，苏诺夫人不是那么喜欢野餐，您还记得吗？大概就是这个原因，甚至可以肯定是这个原因。她上当了。她说仆人做奴隶毕竟是件令人不愉快的事情。她以前会这样说，在流放前，她喜欢用仆人这个词。她又高兴起来。

我想起来的另一张照片是开了闪光灯照的，在一个冬夜，在大杂屋那张粗笨的沙发上。中间是加斯东，他神情温和，已经有点儿弯腰驼背了，不错我们都陷在沙发里，但加斯东的背确切地说是软的，他坐下时便任由它弯着，从来不会想到要像官泰夫人那样直起腰来。我曾想过我们本来可以把她安排在他右边，把阿波丝多罗安排在他左边的，我们曾经试过但他不愿意，他说不，让我们的女助手们坐在我的两边，如果她们愿意，那就太好了。

216

我们叫来了正在厨房里的女助手们，她们便坐在了他的两旁，苏诺在右边，玛丽在左边。在女佣的两边各有半个空位，我曾要大家都往右边靠一靠，以便把阿波丝多罗安插到左边。她在那里坐下了，但不行，这样排三个女人显得很拥挤，而加斯东被夹在其间，同时他也不在中间了。他们重又调换了位置，把阿波丝多罗安置在左边的一张椅子上，在右边的一张椅子上安排了埃拉尔夫人。这样宽度是够了，甚至可以说是正好，阿波丝多罗应当稍稍朝苏诺夫人靠紧一些，事实上能看到她是靠紧了。我感到有点儿麻烦，因为不是所有的女士都坐着，特别是官泰夫人，但这个宽度我的镜头有点儿困难，于是我让埃拉尔夫人坐着，是官泰夫人坚持这样的，这我还记得，她说我们的小埃拉尔夫人累了，您坐在那儿吧，我到后面去和先生们站在一起。一直以来，她大概也受到大家都看在眼里的金字塔形的影响，于是她又站到人群顶端，她的右边是佩兰和韦拉苏，左边是她丈夫和埃拉尔先生。丰丰大概跪在加斯东的前面，他之前在那儿，但他转向左边看小鸟去了，在照片上他是模糊的。

当我和阿波丝多罗看完了照片簿，她感到说不出的不舒服，我也是。我现在好像还看见它合上放在桌子上的情景，我不想把它放回五

217

斗柜里。我们一起慢慢地回忆过去、回忆大家到来时的情景。她清楚记得埃拉尔夫妇的到来，他们是最后来的。我们已经上桌要吃晚饭了，那是在冬天，我们以为没有人来了。我听见花园大栅栏门吱嘎作响，于是我起身去看。我打开了台阶上的电灯，看见一个矮个子女人穿着雨衣，头发全都贴在了脸上，她没有戴帽子，正下着雨。还有一个男人拖着两个大箱子。我马上说请进请进，他们不愿意，他们全身都湿透了。他们想先待在走廊上向我解释一切，但这不大友好。我把他们的雨衣挂在衣帽架上，让他们走进了大杂屋，一边请他们原谅，说我们正在晚餐但这没什么要紧。他们也请求原谅，他们请求原谅，他们的脚那么脏不敢走动，他们待在门口的通道上。我把食堂的门开了一半，对加斯东说，来一下，是房客。他对其他人说，你们继续吃吧，不要等我们，苏诺夫人只要把我们那份热着就行了。我们把这对夫妇推进了大杂屋，他们还是不愿意走动，埃拉尔夫人说，至少请允许我脱掉鞋子，然后她脱下了鞋，把它们放在走廊里，她的袜子也全都湿透了。我想埃拉尔先生没有脱掉他的鞋是因为他的袜子上有洞，在随后的几天里她不停地缝补。他们一个劲儿地请求原谅，说他们来得不是时候，特别是在这种天气，但他

218

们遇到的就是这么个天气。他们还向我们解释了一切，从开头到结尾。他们错过了十一点二十的长途汽车，于是他们等出租车，一直等到七点都还没有来，他们就决定走着来了。没有出租车不是真的，他们应该想到我们是知道这一点的，在火车站有两辆出租车几乎没有什么事做。特别是还有晚班长途车六点二十开。总之他们来时在市政府看见了我们的布告牌。于是他们想这可能会用得上。我寻思他们为什么没有快点走过来，如果他们不想乘出租车的话，但这一点儿也不重要。我们对穷人的解释已经习惯了。他们从来不敢说出真相，真相会简单得多，但他们总是觉得这会显得有点儿小气，即使不是这样，特别是当真相不是这样的时候。他们自以为真相很丑陋，好像只有他们才了解这一点似的。例如他们不敢说埃拉尔夫人花了一个下午寻找缝纫工场或销售市场来卖掉她的布娃娃，这样他们就又错过了晚班长途汽车于是便冒雨走着来了。总之他们继续做着虚假的解释。我们对他们说，你们休息一下吧。加斯东对我示意，他同意收下他们，当我跟他们说话的时候，而当他跟他们说话的时候，我也这样向他示意。我从碗柜里拿出了烧酒给他们暖暖身子，其他的人问我是什么人，又是一些粗俗的人？我说你们会看到的，不管怎么说他们非常有教养。女士们喜欢这样的人。然后我又回到大杂屋递上了烧酒。他们客气地推辞了很久才接受，我马上补充道这给你们做开胃酒，我猜你们还没有吃晚餐。埃拉尔夫人抬起了舌头准备说是的，我注意到了这一点，但她那个饿得要命的丈夫说我们不过是没有时间，我们等那辆出租车去了。我回到厨房对苏诺夫人说，马上再做点儿米饭，再煮几个鸡蛋，弄点儿吃的，您知道的，您那么会应付，我还得恭维恭维她。然后我回到大杂屋，埃拉尔夫妇正在讲述他们的生活，烧酒起了反作用，我本来是想使事情进展得快一些，好让他们马上同意付款条件。埃拉尔夫人还想向我们解释她丈夫的职业，她自己也做一些小活计好有点儿事干干。有点儿事干干，当然啰。加斯东还是说了我们这里要先交一个月的房租。埃拉尔先生说这可以，一边不时地轻轻咳嗽，是的这可以，他同意了。然后我对他们说来吃饭吧，认识认识其他人。他们变了脸色，这些可怜的人，就好像我们要把他们介绍给几个公爵夫人似的。埃拉尔夫人对自己的头发贴在脸上感到很不好意思，她说我可以在厨房里吃，她稍稍理了理头发，将一双湿脚藏在了椅子下面，并将脚趾蜷缩了起来。我说别这样，我们是一家人了，您是家庭的一员，不要太讲客气。我笑着拉着她的胳膊来到了食堂。她满脸通红。其他人已经吃完了，还留在餐桌旁揣测他们、讲他们的坏话。我甚至没有看他们在见到我们的下里巴人时所做的怪脸，马上就说来为我们客人的健康干杯吧，为的是让大家都自在一些。这些事情我从前做得比现在要好得多。餐桌上已经没有酒了，韦拉苏到厨房里去拿酒，回来时后面跟着玛丽，端着米饭。我们还叫了苏诺，让她马上来认识认识这位先生和这位夫人。在进屋之前她脱掉了围裙。她马上就对新来的人做出了评判，这并不困难，可以看得出来。然后其他的人都到大杂屋去了，而我们则和这对夫妻一块儿吃起饭来。确切地说是在这个时候，他们向我们讲述了他们的生活。没有任何奇特之处。跟所有的人一样。他们终于停靠进港，他们原本从未希望马上就能找到港湾，你们的房子是这样漂亮，这些人又是这样好，这真是天意。我说别这样说，他们说就是这样的。

阿波丝多罗对我说，您想想看，我现在完全可以告诉您了，您想想看那个时候我以为他们是小偷，他们在跟我们讲故事，然后到了夜里他们就会把我们抢劫一空，像往常一样我把房门上了锁，但我还把桌子抵在门后，并在百叶窗的挂钩上系了一根小绳。但我想她已经跟

221

我们说过了。还是我想象过她这样做过？这一点儿也不重要。实际上我越是讲述我们的生活，就越是觉得准确地说出发生过什么事、寄膳宿房客们说过些什么，为了准确地说出这些而绞尽脑汁真是毫无意义，这是那么乏味，那么平淡无奇。那么马上结束我的报告？不，我对个人看法寄予了一点儿希望，我有点儿指望这个。甚至是非常指望。在从前的生活中我对此注意得不够，这可能就是失败的原因之一。在进行植物学研究时我有了这个念头。很久以来我就有了这个想法，但我没有真正地承认过，我想做一篇充满个人看法的报告，因为据说，我听说，越是个性化的东西就越带有普遍性。这一点鼓励了我，它激励了我的无意识，那个时候受到鼓励的不是我，我本不敢任凭自己被鼓励，来筹备这个计划。但现在我参与进来了，而无意识则被丢在了一边，我承认即使我指望自己个性化，我还是有烦恼。如果这就是普遍性，那就去他妈的吧。同时我还告诫自己，据说，我听说，实际上普遍性没有什么了不起，只不过是些实践经验。但我宁愿有误解，也不愿意减少一点儿普遍性，即使这篇报告又会失败。我的意思是，对我来说，我个人的满足不是满足，我什么也不知道，我宁愿这样。当我想到这些的时候，我不能完全封住自

222

己的嘴，因为我并不反对希望。总之人们是了解我的。

我最后是不是离开了阿波丝多罗？我们还说了些什么？反正关于埃拉尔夫妇，我们只谈论了他们的一两件事，例如湿透了的头发还有鞋子还有小偷，持续的时间并不长，我们谈论了其他人的到来，还有新刷的油漆，它是那样地好闻，还谈了工厂的建设，说了那么多我以后大概还要说的事情，不要养成这样的习惯，这会搞混淆的，我会搞不清自己说到哪里了。当我们最后以叹气结束了兴奋的回忆时，我对阿波丝多罗说，我得走了，我要回花园去找那张纸。于是我出去了。在花园里勒贝尔向我示意靠近。她还想要我干什么。她对我说她不明白我的态度。在午饭时鼓励丰丰的坏习惯就好像我在蔑视所有的人，然后在喝咖啡时又嘲弄她，对她说墙壁对她来说还过于漂亮了，这对我无所谓，您明白吗？我见得多了，我了解您，脾气上来就上来了，过去就过去了，这并不坏，即使这很坏，可生活就是这样，人与人应当互相宽容，为了积德，她容忍的不快还远达不到积德的水平，总之一连串愚蠢的废话。因此不是为了这个她才对我说这些的，而是为了别的人，为了不再有那些讨厌的小争吵，这可能会使他们忍无可忍，他们可能不会像她那样认识问题，他们不会忍耐积德，而对我来说，对我来说，朝这个方向发展下去对我的身心并不会有利，对于丰丰，我该把这个可怜的白痴怎么办呢？她不明白我不明白，她要我考虑考虑。她拿开眼镜，织了一针上一针下，又把眼镜戴上，我请您考虑考虑。我对她说，我会考虑这个问题的，但眼下我应当找到那张纸，我不能一直没有它。她对我说，从今天早上以来您就一直在找，还没有找到吗？您看没看垃圾箱？垃圾箱。没想到。我谢过了她，然后去看垃圾箱。垃圾箱放在面对房屋左边的角落里，一个在花园大栅栏门的墙壁和房子之间、大杂屋窗户前的小凹处。我折了回去，到杂物间拿了一个肥皂箱，好把垃圾箱里的东西倒在里面，我把事情做到底。然后我倒空了垃圾箱，真是一件糟透了的工作，我又看见了我们三天以来吃过的所有东西，真不知我是怎样弄的，在这样热的天气里，臭味简直让我喘不过气来。所有那些西葫芦皮、茄子皮、烂西红柿、吐出来的牛排的筋筋绊绊、粘在锅底的黑糊糊、生菜的残根、鸡蛋壳、发霉的剩菜，确实剩菜无法保存，大杂屋的毛絮与浸满了菜碟里油汁的尘埃团混杂在一起，还有一些只有上帝才知道是从什么时候起就粘在垃圾箱底的纸张，所有的都看过了。勒贝尔对我喊道，戴上手套再去翻那些东西。手套，手套，我应当有手套的，我戴没戴手套呢？把这些东西全都倒回垃圾箱以后，我又返回去把肥皂箱放回杂物间。我对勒贝尔说，我没有找到，但这是我最后一次做这种事情，真臭。她如果告诉我说在这期间她曾为我祈祷，我是不会感到惊奇的。当我再次从杂物间出来时，她对我说，您应当出门转一转，这会让您改变想法的，为什么您不去树林呢，那里空气想必很好。但我不想去，于是我又回到了食堂，我还没有搜寻过那里。玛丽从食堂里出来。她问我，您跟她说过那点酒的事了吗？我说，不要马上说，不是时候。我以后再跟她说。跟勒贝尔说玛丽的事。我大概还想了些什么呢？茄子？不，金丝雀。我想起来了。说了什么？跟阿波丝多罗？我会想起来的。玛丽对我说，您别忘了，我要出去了，请让她在今天晚上之前知道，请您记住。她突然变得非常有礼貌了。我对她说，好的，这事您就交给我吧。这个可怜的玛丽，真是蠢，就好像她不知道我会忘记似的。她的自尊心比她的愚蠢更胜一筹。就像所有的人一样。她告诉我说她要去管道工那儿，这一次她会想到的，她甚至在去平价市场之前就会先去那儿。突然那么有礼貌，那么顺从。她又问道，阿波丝多罗夫人是不是还在大杂屋？我可以在出去以前利用这个时间，赶紧给她整理一下房间。我对她说，我不知道，我去看一看。阿波丝多罗还在睡觉，我开门时把她弄醒了。她对我说，我睡着了吗？我说，噢几乎没有……

一点儿也不重要。看照相簿是在这个时候才开始的，而不是在之前。但这样的话，我在这之前做了些什么呢？再说一遍，这一点儿也不重要。

一点儿也不重要。

现在我应当谈谈电视，否则我会忘记。

那是一个夏天，加斯东到他母亲那儿度假去了。玛丽和苏诺也走得很远，勒贝尔也是，特殊的七月。这种情况还是第一次出现，从那以后再也没有出现过。我独自和丰丰留在膳宿公寓里。我们相处得非常融洽，他做的蠢事他也要少得多，大概其他的人会刺激他。是他每天早上八点钟把我喊醒，他一次也没有搞错过，然后我们一起吃早餐。是的，那是一段美好的回忆。甚至连七月的阳光我也觉得不是那么令人厌恶，甚至连烧焦的肉油味我也感到不是那么浓烈。我还清楚地记得我们俩人吃早餐时的情景，我平静地给他切面包片，我睡得很好，他也是，我看着窗外心里并没有不舒服。这样的一些回忆总是会留在脑海里的。然后我们去菜市场逛一逛，看看林荫大道、房子、树木。我们这个地方并不难看，到处都有东西可看，我向丰丰解释需要解释的东西。我们不买茄子也不买西葫芦。买其他的蔬菜。不买桃子。买杏子或李子，如果有的话。有一天甚至买了覆盆子，我记得买了覆盆子。并且不买牛排，买牛肉片和牛肝片。真正的生活，就这样。回来后我就做饭，更确切地说，我准备好午饭所需要的一切，才十点钟，然后我就像往常一样研究我的植物学，不同的是我是在大杂屋里研究，这样可以变换视野。丰丰像往常一样还是左跑右跑的，但那是多么不同呵！就是从那时起，我意识到因他做了蠢事而去训斥他没有任何作用。当然他还是会做蠢事但要少得多了。只要跟他解释为什么不应当做这些蠢事就够了，他就不会再做同样的蠢事了。至于鸟窝和栗树，不行，我没有成功，但在许多别的事情上我成功了。而我，单是知道由我独自来管教他，这一点就可以说像是给我添了翅膀，我非常地温柔。是的，从那时起，我便意识到应当用心来养育他。我打算当别人回来后便让他们也明白这一点，但结果我们都看到了。然后我把饭做熟，我们就吃午饭。有一天他问我为什么碗柜的顶上有一把雨伞，我告诉他这是一个装饰品，一个装饰，这让他笑得喘不过气来。那么，那些狗都是真的狗吗？我说是的，根据真的猎狗复制下来的狗。下午他便画了一些猎狗，画得就像一些长着舌头的木桶。它们全都有着一个巨大的舌头，比尾巴还长，因为狗渴了。我想我能够照顾白痴或是去照管孩子们，如果我的生活是这样安排的。反复说同一件事情并不让我感到厌烦，应当意识到这一点，并且我觉得自己也学到了东西，这引起了我的思考。总之我们就吃午饭。然后我们很快洗好餐具马上收拾完。他只打碎了一个碟子，我第二天马上就补上了，加斯东从来不知道这个事。然后一般来说，几乎是每天，我们一块儿到小河边走一走，或是去采集植物标本。就是在那个时候，他给我采摘了风铃草。他拿着一个我制作的捕蝶网追着蝴蝶，我用一个手柄还有钢丝以及我从大杂屋那些女士们的壁橱里找到的珠罗纱，做成了这个捕蝶网。这使得我在她们回来后受到了严厉的训斥，珠罗纱或是我不知道叫什么的东西是用来缝在紧腰宽下摆女衫下的短裙上部，我想，是勒贝尔小姐的。她也做长裙，但这种事情十年里大概只有三次。丰丰已经开始收集蝴蝶，我们把蝴蝶还有最漂亮的几只虫子钉在麦秆上。只要一回想起那段时光，我的心就完全融化了，完全松软了。整个白天就这样过去了，没有什么不愉快的事情，然后我们准备晚饭，我们吃得非常平静，有一个晚上我们甚至是在花园里吃的晚餐，这让他很高兴，他把餐桌和两张椅子都擦得很干净，而我在太阳下山之前和之后都绝对没有忧郁的感觉。然后在大杂屋我给他讲故事，一点儿也不感到厌烦。有一天，我不知道是怎么搞的，很蠢地，给他讲起了把老奶奶放在电视机前的故事。这很蠢，我不知道我是怎么了。儿媳妇为了在收拾房间时老奶奶不跟在她的屁股后面，就对老奶奶说，去看电视吧。但老奶奶年老糊涂了，于是儿媳妇就把她安置在电视机前，却不打开电视机，反正都一样。最后，当她更为糊涂的时候，她就把老奶奶安置在另外一个角落，不在客厅，背靠着墙，面前什么也没有，然后对她说，您看电视吧，老奶奶就看着不打搅她了。而这个故事让丰丰笑得是那样厉害，使我惊讶不已，他能明白一些复杂的事情，我一点儿也不后悔给他讲了这个故事。直到第二天他想要一个电视机，一个真正的电视机。他记住了不该记住的东西。我试图让他明白这是不可能的，太贵了，我买不起。这使得他哭了起来。第二天或更确切地说是在夜里，我想为什么不租一个来呢？用我的积蓄租它一个月，这也可以让我自己得到消遣，谁知道呢。第二天在去菜市场的时候，我们在商家那里选了一个出租的机子，下午他来给我们安装上了。丰丰马上就想让我把它打开，我只得向他解释下午什么也没有，到晚上再看。到了晚上，我一辈子都会记得那个晚上。当我打开电视机，是一个长篇连载的故事，科尔科朗上尉！是的，我一辈子都记得。我甚至无法准确地形容出来，它是那样地让我感动。丰丰瞪大了双眼，拍着双手，简直让人认不出来了。我感谢上苍给了我这个主意。这样我将能够拯救丰丰，用电视。还有我自己，我也拯救了自己，本来我是可以拯救自己的。我们谈论的内容只有科尔科朗上尉，整个白天我们都在想象晚上吃过晚饭以后他要做什么。丰丰总是早早地就把电视机打开，而我只得向他解释上尉还没有吃饭，我们也没有，应当等一等。于是凡是他能吞下去的，我发誓他是不会不乐意的，茄子也一样，他会把它吞下去。然后就是电视节目，神奇，天堂。科尔科朗救出了公主，她爱上了他，他烧毁一座座城市，他骑马穿行在荆棘丛中，他指挥军队，他有一只驯服的老虎，一切，一切，我们屏住呼吸，成了上尉的朋友，给他包扎伤口，建议他回到皇宫去，他的未婚妻在那儿等着他，然后他回到了那里，结了婚，又出发去为穷人而战，他征服了所有的帝国。整整一个月，就是这样度过的，我们沉浸在电视中，散步时看到到处都是椰子树，

230

太阳落在清真寺的尖塔上，芬香的夜晚，船里装满了靠垫，我们出发去热带国家。丰丰常常回忆起这些，我没有，到最后是他向我讲述故事。我们便重新兴奋起来。

一天晚上，我们正坐在电视机前，加斯东回来了。他提前了一天。我们根本没有听见他穿过花园大栅栏门的声音，突然间他打开了大杂屋的门看见了我们。他说，这是什么，这个东西，我说你们简直是疯了。我向他解释说我租了一个月，到明天为止。用我的积蓄，我要他不要担心，一切都会恢复正常，现在这一个月已经到期了。但他想到了洗衣机，他说你最好留着你的积蓄去买洗衣机。我甚至没敢对他说，和我们一起最后看一眼科尔科朗吧。他大概累了，我到厨房给他做了鸡蛋放在盘子里，他在睡觉之前到食堂把它吃了。当我回到大杂屋时已经完了，科尔科朗已经结束了。

第二天那个家伙来拿走了电视机。

到了晚上丰丰还不相信，我只得向他解释要理智一些，我们已经度过了一个非常愉快的假期，明年我们再来。他开始大哭。最后我对他说，我看看，可能几天后我会把我们的电视机再拿来，我们看吧，是的，是的，甚至肯定，我肯定会到商店去把它再拿来的，但今天晚上你去睡觉吧，来吧我和你一块儿上楼，给你讲后面发生的故事。然后我和他上楼到他的房间，他躺下了。我说，等一等，我有一个主意。我到杂物间找了一个肥皂箱，把它拿到他的房间，放在他的床脚头。然后我在肥皂箱前讲述后面的故事，非常努力地、一直对他说，你看，你看，上尉，或是老虎在公主的脚边，或是士兵们放火烧了城堡。他就看着，看着，于是他看见了，拍着双手。就像老奶奶一样。我们继续守在我们的朋友上尉身边，我们永远也不会离开他，我们胜利了。

于是每天晚上，我上楼到他的房间跟他讲述后面的故事，每天晚上他都满脸通红，拍着双手。但渐渐地我拉长了间距，每两个晚上去一次，然后是一个星期去一次，再然后就不去了。我们忘记了。生活又像从前一样继续，和寄膳宿房客们在一起，耳光，互相折磨的晚上。我们曾经差一点儿就被拯救出来了。

我的科尔科朗，你在哪里。

然后我又做了什么？

然而这一天还没有结束，在阿波丝多罗以后，或在我再也不知道什么事以后，我又做了什么？

我再也不能集中思想。我想去死。

失败了。我的报告失败了。我只觉得我的心脏痛得要死。就像前几次一样，应当以后再全部从头开始。我又一次失败了。失败就这样突然降临到了我的头上，我没有预料到。这是不正常的。试着给自己一个解释？为了重新振作精神？我过于追求真实，过深地陷入我们的生活之中，我想做的过多，过于认真，最后就走向死亡。我看见死亡了，我每时每刻都能看见它。在我桌子的上方有它的照片，我原不知道那就是它，但现在我知道了，是它，它正眨巴着眼睛看着我。它一言不发地走进了我的报告，轻轻地，用我的科尔科朗给我迎头痛击。我过于追求准确地说出那些发生在过去的事情，使自己整个儿置身于假期之中，可我的心脏承受不了旅行。但这一点我早就知道了，它承受不了旅行，但知道，又有什么用呢？我不知道。我永远不会知道这有什么用。可能我又想到了一些过于久远的事？旅途越是长远，心脏就越是经受不住？是的，是这样。但这一点我也早就知道。那么为什么，为什么？

振作起来。应当继续。镇静。继续讲述白天，不要想别的人，不要想过去，不要想美好的日子。重新沉入现在那些只会让我心脏疼痛的日子里去，想呕吐，但不是死去。重新沉浸到心脏的疼痛之中，为了能够继续，我只能做到这样。不再想摆脱它。

我取掉死神的相片，把它放到五斗柜的下

部，鞋子的下面。

在阿波丝多罗之后我干了什么？我想起来了。玛丽头上戴着帽子出去了，我看见她走过花园大栅栏门。我在食堂里，不要再寻思是怎么到的那里吧。我在找那张纸，我想应当看一看碗柜里面，它可能粘在某个瓶子上或某个盘子上了，这类事是经常发生的。我看了看九度酒的瓶底。告诉加斯东酒的事。还有烧酒瓶底。还有过去的那些空酒瓶的瓶底。有一个瓶子里还有点儿东西，我把它打开，闻了闻，一点儿气味也没有了。然后我把每一叠盘子都拿起来，把它们放到餐桌上，把整个碗柜和整个壁橱倒腾空，除了上部的搁板，赫耳墨斯的画像。我想我该问问加斯东他想不想再整理一下那些画，我不想把这幅画弄下来，免得将它与其他凌乱的杂物堆放在一起，只需将它放回原处就够了。勒贝尔寻思我在翻找什么，她来到窗户边。您又在干什么，这可不行，您会把东西全都打碎的。她帮我把餐具从桌子上拿起来放回碗柜里，并把餐巾桌布放回壁橱里。在我们整理餐巾的时候，阿波丝多罗回来了，她说你们是不是在等什么人来吃晚饭？我说，不是，您说我们在等谁，不对，至少你们在等某个人，没有，我一直在找那张纸，我得把事情做完。她说她本来完全可以帮助我们，但是她感觉不大舒服，她便上楼一直睡到了晚上，有人把她叫醒吃晚饭。这些老家伙们只想着填饱肚子，他们是不是在为去冥间准备食物？一种生理反射？我希望自己到了她这个年龄时不要变成这个样子，希望能够安静地吃着酸奶和小饼干直至进入坟墓的那一刻。确实，只要一想到那些虫蛆贪婪地吃着我装满食物的肚子和我肥大的屁股，我就沮丧不已，此外我觉得也不体面。高度的消瘦，很快就会干枯，在墓坑底没有肉浆。或更好，在一个小小的抽屉式墓室中消瘦干枯，露天，就像在靠近大海的南部地区一样。总之反正是消瘦。人们至少应当这样。在今天我们有癌症这种令人赞叹的疾病，它让老人迅速消瘦，仅仅为了在死亡面前保持体面，但是你们看，人们开始与癌症作斗争，老家伙们直到最后一分钟都还在想长胖。这简直让人难以置信。不能说这是我捏造的。当人们像我这样想，并且不能确定自己碰得上癌症，请及时采取措施。我已经吃得不是那么多了，人们不会说我现在吃东西贪婪，我的心脏时时刻刻都在疼，但我还应当克制自己。从多大年龄起？六十岁？看吧。想着消瘦。

当我们把东西放好以后，勒贝尔说，我本该趁这个机会摆上餐具，这样就可以免得玛丽再来摆了。我又想到她们是否在搞阴谋的事，

235

但仅仅是表面上而已，我不再这样认为了。她从碗柜里拿出餐具摆在餐桌上。她先是没有在惯常放漆布的地方找到漆布——缠在一个刷子把上，放在碗柜的一个角落里，这是加斯东的主意，从他母亲那儿学来的：她无法容忍在吃完饭后还把漆布放在餐桌上。每天玛丽都得把它打开再铺到餐桌上去。总之勒贝尔没有找到漆布，便去厨房，看到漆布摊在了两张椅子背上，是玛丽……略去无意义的家务细节。我寻思还会剩下什么。什么也不要剩下，这很快就会结束。再说一遍我继续。很快就到了晚餐的时间，多亏了老天。然后就只剩下了晚上，把戏就完成了。愚蠢的把戏。她摆好了餐桌而我去了花园。阳光变得不是那么讨厌了，下午就要完了，我就会感觉好一些。我把绿椅子放在花园大栅栏门旁边，一边对自己说，来瞎想一想邻居，我带着几分快乐想起了早晨的插曲，我要再试一试，再来一次。我寻思着为什么想邻居就会对我产生这样的效果，这是一天中唯一让我忘记了呕吐的感觉的时刻。我几乎明白了，总之是因为我摆脱了我们这个令人讨厌的去处，我的思想走出了这个家，这是逃避，并极其成功，不是回到从前，而是在最近的将来，我正准备对这一点加以发挥的时候，加斯东回来了。你在那里做什么，就好像他从未见过我坐在椅子上似的。没等我回答，他便告诉我，我去过管道工那儿了，他明天来。我说玛丽大概也去过他那儿了，她答应过我的。条件是什么？我突然想起了这一点。条件是我要向勒贝尔解释烧酒的事。这是一个条件，我完全明白。但我没有告诉加斯东。他显得很累，他整个下午都在为这些事情奔波，大概以后他会告诉我是些什么事情，但现在他还没有告诉我。肯定是洗衣机的事，他知道我对这事不满意。我对他说，我有一个念头，一个旧时的念头又出现在我的大脑里，你想到大杂屋去喝一杯开胃酒吗？阿波丝多罗上楼回她的房间里去了。他看着我，就好像我不知道自己在对他说什么似的，一件不正经的事，然后他的表情变了，他说如果你愿意的话。这种惊奇，仅仅是因为很久以来我们没有在一起喝过开胃酒了。从前我们常在一起喝，而现在不了，我总是独自喝红酒，正如我说过的那样。我向他提的这个建议清楚地说明了我内心发生的变化。我的下意识知道我晚上会在房间里写这个报告，并且会搜寻我们的过去。但是我却不知道这一点。我非常惊奇有了这个念头但我喜欢它。于是我们就去了大杂屋，我倒了两杯九度酒。但这给加斯东的印象是如此强烈以至于他很激动地对我说，我们大概可以时不时地再买些贝诺德酒，你看怎样？贝诺德酒，上帝呀！我差一点要哭出来了。我们从前的贝诺德酒，我们的整个青春年代又回来了！你想我会说什么，你想我是不是会同意，这简直是让我们度假，我明天就去买一瓶来。想着贝诺德酒。

我们喝着红酒，没说什么重要的事情，渐渐地我开始想起从前的那些宴请，想起青蛙游戏，想起那些气味难闻的年轻姑娘。是的，那是一段美好的时光，毫无疑问。不错，我们毕竟还是有过一些太平的日子，一些幸福的时光。我对自己说着这些，忘掉了现在折磨着我的苦恼，我为自己虚构了一个完全虚假的美好的幸福的过去，它从来就不曾存在。我说的这些并不是些什么新奇的东西，大家都知道，但它出奇的愚蠢可笑并不因此就不存在了。它是普遍的，因而是愚蠢可笑的。这就是普遍现象，我偶然之间发现了这一点。一下子我的心脏不是那么疼了。如果这能持续下去就好了。说一些普遍的事情。

与加斯东喝开胃酒。注意不要乱说话。我马上就想通过全面的分析做出结论，一种全面环顾不会有任何遗漏，这是正常的，这就是进行全面思考的作用了。但这是错的。生活中的任何事情从来都是没有结论的，甚至在我们这样的生活中也没有。全面的思考并不因为我认为它触手可及而存在。这是一种理智或厌倦的看法，全都一样。没有全面，任何地方都没有。我不知道和加斯东喝开胃酒喝了多长时间，我可以知道，如果我想知道，但我对此不感兴趣。现在要谈这个非常困难，因为我现在想做结论。也不应当去想这之后我做了些什么，因为如果我想永远喝下去，其后什么也不做，我是可以的。不是用才能，而是用意识。而我知道，这个时候我想的每件事情，每秒钟都在打开通往全面思考的思路，用通常的话来说，但是没有全面。再重复一遍，没有全面。这与我那令人作呕的未来的故事相符，这也是一种理智的见解，目前没有未来，重要的是我做的事情。但对我来说这类思维太困难了，我很可能会把一切都弄砸了。此外，事实是我有点儿拖延，我的思路中断了，我不再知道我想说什么。从某种意义上来说，我为此感到遗憾，而从另一个意义上来说，我对自己说这更好。我时时刻刻都在抱怨自己的记性不好，但说到底我寻思是不是正是这一点救了我。使我避免了什么。使我避免了死亡。

过一会儿再去想我想说的和加斯东喝开胃酒的趣事，如果我愿意可以成为永恒。我肯定其中有些真实的东西从我这里悄悄地溜走。也许我这样认为是因为在这个世界上我最喜欢的

239

东西是开胃酒。不要信任自己的爱好。此外我现在已经大大地简化了爱好，偷偷摸摸地独自喝口红酒，这是件悲伤的事情。但它令我想起了从前的爱好，它曾是我在这个世界上最喜欢的东西。愚蠢的表达。我非常喜欢的东西。我现在想，难道我曾和一些讨人喜欢的伙伴一起喝过那么多的开胃酒吗？在我年轻的时候，这种情况难道没有发生过？就算可能有五十来次吧，除此之外其他的时候我曾尝试过再找回那种气氛，但我没能做到。而提到我在世界上最喜欢的这件事，仍然是一件我认为无关紧要的小事，它对我来说是甜蜜的，但可能它从来就没有存在过，就算是五十次中有十次吧，或者甚至更少，我并不是想哗众取宠，这十次中的一次。这一次妙极了，开胃酒在我的生命中打下了烙印。那是什么呢。是在什么时候呢。我大概还非常年轻，大概认为开胃酒只不过是一种加了咸巴旦木的白苦艾酒，甚至可能那一次正好没有巴旦木，于是就有人说，如果您知道加了杏仁的酒是什么样的就好了。那么就连那一次的开胃酒也不是理想的，我从来就不知道理想的开胃酒是什么样的。我们还是不要陷入完全的荒谬之中吧。

还有几张照片。它们就是我们的全部生活。我们只剩下了这些，其余的我就不知道是怎么回事了。

圣诞节的那张照片。

照片上，加斯东坐在中间，有点儿蜷缩，在那张笨重的长沙发里，他随意而坐，神情舒适而又温柔，甚至可以说是非常自然，让人无法说他，大家比平时都稍稍多喝了一点儿，那天是圣诞节。官泰夫妇和勒贝尔去做了十点钟的弥撒，勒贝尔还去做了午夜的弥撒，她大概疲劳不堪，完全沉浸在弥撒里，蔫得就像一棵隔天的老生菜，是的我想起来了，我料到她和官泰夫妇在十一点半一起回来时会疲乏不堪，她确实是疲乏不堪但却带着微笑。他们三人都从教堂带回来迷失的婴孩的梦，拌着放了栗子和融化的糖果的火鸡汁，默祷着降世为人的奥义，旧时的回忆，就是圣诞节。勒贝尔和官泰夫人打开大杂屋的房门时的情景又浮现在我眼前，外面很冷，她们穿得暖暖和和的，站在刚刚点亮的圣诞树前，面带微笑，树上缠满了金闪闪的线和棉花，挂满了蜡烛、小瓷人和橘子。这是她们见过的最漂亮的一棵圣诞树。我和加斯东又拿出来了我们年复一年保留在鞋盒子里的劣质玩意儿。我倒上了汽酒，大家碰了杯。午饭时我们吃冷盘，那是苏诺圣诞节的拿手菜，西红柿、鸡蛋、鳀鱼、炸苹果、橄榄。大家数着自己的橄榄，把果核吐在盘子边上。

但没有火鸡。午餐过后，便在圣诞树下喝咖啡。当大家都在各自的角落里打嗝的时候，勒贝尔低声哼起了圣婴曲。那一年为了度过一个愉快的下午，我建议照一张相。我们叫来了女佣。大家各就其位。女佣站在加斯东的两旁，苏诺在他的右边，玛丽在他的左边。苏诺脱下了围裙，双手交叉放在肚子上，眼睛看着镜头，就好像煮鸡蛋时盯着闹钟那样。丰丰扭来扭去干扰了玛丽，她的双眼转向左边，照片上是在右边。在她旁边，埃拉尔夫人把她的一个布娃娃拿给我们看以使气氛活跃起来。另一边，韦拉苏穿着他那套节日的蓝西装坐着，准确地说他穿的是外套，出于节省，平时到了晚上他便把它脱下来。在他的旁边，阿波丝多罗坐在一张椅子上，脑袋略歪，目光迷离，她可能在想，这是我最后一张照片了，下一张旁边便不需要放椅子了。韦拉苏、佩兰的后面站着官泰夫人，她站在最上面，穿着带花边的无袖胸衣，长柄眼镜用一条链子挂在脖子上，这是盛大节日时的饰品，她从她母亲那儿继承来的，但她却不能用，因为镜片的度数不对，她玩纸牌时会戴。她的左边是她的丈夫，两人之间有个树尖上挂歪了的小瓷人，然后是勒贝尔，还有埃拉尔先生，他站在他妻子后面，右手放在她的肩上。前一天在装饰圣诞树时，佩

242

兰曾想换个花样，在树顶上挂一只赛璐珞小猪，勒贝尔感到很气愤。

还有一张野餐的相片，中间是加斯东，他只穿着衬衣，正在切面包，其他人围着他坐在草丛中，有点儿萎靡不振。官泰夫人打着小阳伞，她丈夫坐在她身边，眼睛望着地下，他把单片眼镜弄丢了或是踩死了一只蚂蚁。勒贝尔小姐穿着短袖衫，晚上她会着凉的，在回去时，苏诺一路上都对她说，要当心阴凉，您看吧。玛丽在人群的边上，有点儿不自然，她装作很忙，拿着一个盘子。韦拉苏已经吃起了沙丁鱼，这些讨厌的野餐沙丁鱼完全败坏了我们的兴致。佩兰拿着钓鱼竿，午睡时他会去垂钓，回来时会拿着一条红眼鱼，而我们不知该把它放在哪里。有时他把它带回家让苏诺烧熟，他在晚餐时吃。还有埃拉尔夫妇。她穿着短款连衣裙，将她扎好的花束朝向镜头，而他则正在教丰丰怎样剥开煮鸡蛋而又不弄碎，丰丰就要哭了，因为他的煮鸡蛋每次都碎了。

还有勒贝尔，她本该穿着夹克待在树荫下，而在太阳下则应该脱下它的，苏诺应该告诉过她要当心太阳，有时她把夹克留在了家里，而苏诺则对她说，我不明白，像您这样娇弱的人，为什么不穿上它呢，难道我没有对您说过吗。但勒贝尔说，在这样的天气里穿夹克

243

是遭罪，我从没有见过这样热的夏天，但不对，等一等，不对，我侄女初领圣体的那一年就很热。

丰丰把汽水都喝完了，勒贝尔扇了他耳光，可以看到她刚刚放下手，而丰丰则正捧着脸颊。

还有在路上，阿波丝多罗拖着腿走路，而韦拉苏则拿着她的大衣。

还有在荆棘中，加斯东头束手帕远去，他没有回来。

还有一天，官泰吃了沙丁鱼不消化，我们便让他躺在路边，然后勒贝尔给他喝了一杯薄荷酒，里面加了一块糖。

还有在那死气沉沉的丘陵中的那副骨架。

还有某人。

镇静。

和加斯东喝了开胃酒之后，我不想再做什么事了，我本想在那里待半个钟头直到要开晚饭，但丰丰没有回来，我得去看看。我回到花园，问勒贝尔看没看见他，她说没有，不过您不要担心。我走到花园大栅栏门口，看了看街上。晚上热得不是那么厉害了，一幢幢房子沿着缓坡伸向河边，我几乎后悔整个白天没有出来，却忘记了这是不可能的，阳光那么厉害。到了尽头，街道在机械厂门前拐了弯，丰丰可能在那儿，他喜欢机器，特别是污油，他回来时全身都会沾满污油，勒贝尔会大发脾气的。也可能又会窒息。我寻思是否应当去找他，但我放弃了这个念头。要发生的事总会发生。我坐在那张一直放在花园大栅栏门边的椅子上，不由自主地瞎想起勒贝尔要对我说的话来。这一天的事够多的了。但我知道她什么也不会说，她自己也够烦的了。她不停地数念珠祷告也是白费劲，它不是提神的东西，至少它不会让您想重新开始新的一天。我又想起了这些。我年轻时曾拼命地数念珠祷告。那几十个小念珠是数不完的，而我则意识到这不是我想要的，突然之间我发现自己在想自己还没有洗屁股，诸如此类的事情，于是我努力去想那些令人愉快的神秘故事，那些如此美丽而又难懂的基督教教理的蹩脚故事，最后我就这样睡着了。这可能是入睡的一个方法，就像其他的入睡方法一样，但是我已经失去这个习惯了。是的我瞎想了一些事情，而大家已经知道我想的是什么，是邻居。由于柔和的阳光我看到他病了，有人偶然发现一个星期以来他没有出门，一个女邻居来告知我。您有没有活血药，这之类的，药剂师还没到，我叫我丈夫请他去了，这个可怜的男人，竟是那样的状态，您要看到他的房间有多么脏就知道了。我原以为他生活在有滋有味的舒适环境中，我非常吃惊，于是我对女邻居说，我跟您去，我去拿烧酒。我拿了烧酒，跟着女邻居到了那位邻居的家，我看到正像她所说的那样，他的房间又脏又乱，简直无法形容。幸亏。由于墙壁潮湿，他那张简陋的床放在了卧室中央，被子全都是洞，便壶满满的，床的周围到处是酒瓶子，一个长柄平底锅里还剩有肥肉。我走近他，递给他一杯烧酒，他勉强睁开眼睛，我尽可能地把酒倒进他的嘴中，他说谢谢。这样好一些吧。好多了，谢谢。我不敢问他哪儿难受，我们在等药剂师的到来。但如果药剂师不在呢。那位丈夫是否知道该怎么做。他是否会去通知医生。医生住得要远多了。女邻居最后说，我告辞了，我的炉子上还煮着茄子呢，晚饭过后我再来看看。而我则留在病人的床边，同时对自己说，这个人可能会是我，如果是我在几年后，被人弃之不管，被扔在尿液和肥肉之中，会怎样。说到底这并不比没被人弃之不管更为可悲。邻居曾像所有的人一样生活，他热爱自由，为什么要怜悯他在孤独中死去，可能他正陶醉于此呢。我突然想到他刚刚喝完了一瓶酒，他不需要我的烧酒。而白天可能会随着他的最后一缕呼吸逝去，就像从前那些美妙的小说里写的那样，我从未读过这类小说。总之这位邻居他可能还写过一些小说。为什么不可能。一个像他这样离群索居的人能做什么别的呢。或是回忆录。在他死后，人们可能会发现大量的非常有意义的手稿。这是一个什么都干过、什么都见过的人，一个冒险家，一个开拓者，一个发明师。他发现了一种独自幸福地生活的方法，但他在一篇后记中解释道他没来得及将之付诸实践，他把他的发现留给后世。在葬礼后，我和女邻居发现了这些手稿，我对自己说读它们是我的责任，我将为此花费必要的时间，这是我的责任。于是我发现了我刚刚说过的东西，他发现了这个方法。应当马上通知一个出版商，我去问加斯东他对这个事情的看法。加斯东以他那实用主义的观点对我说我在胡思乱想，你操这个心干什么，此外这个方法很平常，你想他试了一辈子，而后记则是作者的诀窍所在，他不想失败，他就这样在后人的眼里得到了弥补。而我发现这个不幸的、可怜的、什么都不是的人，有着一个作者的虚荣心，这难道不令人感到可笑吗？这时我想到，几年以后，这间脏乱的小屋和尿壶。但我现在还没有到那一步，我只是在思考加斯东的话，我对自己说，他可能是对的，但是毕竟我的责任是要寻找一位出版商。回到女邻居离开我去看她的茄子那会儿，我寻思那位丈夫是否会马上回来。他带着药剂师回来了，药剂师说，我早就说过，我早就说过。可是他没有说他说了什么。可能是那个人吃了一些安眠药中毒了。药剂师感到自己没有处方就把安眠药卖给了他是有责任的。或者邻居可能从事植物学研究，乱用植物给自己做汤药，而药剂师事先警告过他。大概是这样的。这位邻居吸引我是因为他从事植物学研究，我并不知道这一点，但我的无意识却知道。生活中有这类巧合。我曾因这一点而想去结识他，这是很清楚的。于是几天后，我便问他，您为什么原先不告诉我呢。他问，告诉我什么。告诉我您从事植物学研究的事呵。但是他怎么会对我说这个呢，他又不认识我，并且也不知道我在搞植物学。不过我真的是很蠢，我对他说，今后我们一起去采集植物标本吧，您愿意吗。我不敢对他说，他死后我在他的手稿里发现他的方法是错的，说我读了他的手稿，说独自幸福地生活是根本不可能的。能够胡乱地进行想象，并且是面对着现实乱想，真是令人不安，因为突然之间他下了床，走进他的房间回来时拿着一叠手稿。他对我说，给您，看看吧，这是我的方法。一个方法，我说，一个用来干什么的方法。他回答说，独自幸福地生活的方法，我还没有来得及将之付诸实践，因为我在撰写它，我还没有完全写完，但它肯定有效，您会看到的。几个月后他还没来得及实践就死了，于是我对自己说，我，进行尝试是我的责任。我想着这些，我因想到了这个方法和这场葬礼而激动，在公证人那里发现了赠送给我房子和花园的遗嘱。房子和花园成了膳宿公寓的一个分店，我们找到了一些新的寄膳宿房客，我成了膳宿公寓分店的负责人，它改变了我的生活。这难道没有打开全面的思路吗。也许，尽管我仍在原地转圈，但毕竟，在小心翼翼的同时，全面的思路消失了。没有全面。告诉加斯东方法的事。

酒、金丝雀、方法。

丰丰回来了，我眼前又浮现出他穿过花园大栅栏门的情景，我问他是不是到机械修理工那里去了，他告诉我说，不是，我看见河里有只鸭子，我向它扔了一块石头想捉住它。我告诉他不应当这样，扔石头，难道你认为这样会让鸭子高兴吗？他对我说它不是鸭子。勒贝尔喊吃饭了，因为她听见玛丽喊吃饭了。我们去了食堂。我们在餐桌边坐下。我对丰丰说去洗手。勒贝尔说显然他就是去了也不会洗手的。玛丽把剩下的茄子端了上来。她说她去了管道工那儿但他不在，她明天再去。加斯东说他去了那儿，并说管道工明天会来。您去了那儿，什么时候？我不记得加斯东说了什么，几点

钟，大概是在她去之前或之后。玛丽说这一次
他应该把漏水修好了，一次性修好，她还说她
在热茄子的时候加了黄油和香芹，以便使它保
有鲜味儿。勒贝尔尝了尝，她说，确实非常
好，我到侄女家去也要这样做。玛丽犹豫着要
不要离开。我眼前又浮现出她当时的情景：靠
着门，她在厨房里感到心烦。加斯东说，不
错，不过这么些胡椒够了。勒贝尔说这些东西
味道应当重一些，胡椒对消化很有好处。我看
到消化不好的加斯东，躺在路边，勒贝尔把糖
递给他。他睁开眼睛说，他清清楚楚地听见苏
诺对勒贝尔说，穿上夹克，但就像上次一样，
以她那德国人的大脑她已经着了凉，并要大把
大把地花钱买药。我正在打开手稿。肯定有
效的独自幸福生活的方法。丰丰把茄子打翻在
他的长裤上了，很大一堆。勒贝尔说，又来
了，难道您就不能注意一点吗？她看着我。因
为我让丰丰坐在我的旁边，她无法扇他的耳
光。我对丰丰说，快去洗手，上面全是茄子。
玛丽回厨房去了，我们听见她大声嚷嚷。我走
过去看。丰丰想对着水龙头喝水，玛丽去阻
止，丰丰就拿着水龙头上的水管喷水溅她。这
是我们接上的一根金属水管，替代那根已经老
化的橡胶水管。我把丰丰带了回来，他的衬衣
全湿了，勒贝尔的双手已经在桌子上抽搐起

250

阿波丝多罗嚷着要糖，我把糖罐递给了她。

　　然后勒贝尔小姐问官泰夫人她什么时候去度假。她回答说，十六号，我们和我的侄女都安排好了，她可以接待我们，这样甚至还可以解决她的困难，您想想看她怀孕了，她很容易疲劳，我可以照顾孩子们，我非常喜欢照顾孩子们。勒贝尔说，怀孕了，她不是已经有三个孩子了吗。四个，小姐，她有四个孩子了，这是第五个。勒贝尔说，我的上帝，多有福气呵，多么美满的家庭呵，大家庭是福气，您就要有五个侄孙了，我真想是您，我只有三个，您知道我家曾有八口人，是的夫人，我们的童年非常幸福，多么美好的回忆呵，现在这一切都结束了，困难伴随着继承遗产而来，总是钱的问题，我和我的姐妹们不和，而兄弟您是知道的，他们都受老婆的支配，我再也没有见过他们。不过继承遗产的时候我什么都做了，为了姐妹们的利益我做了一切，然而上帝知道家里没有什么东西，家族的房子和几张银行证券，但她们想方设法翻脸还指责我，您看这就是公道。你们不觉得咖啡不够热吗？把你们的杯子给我，我到厨房去热一热。她对已经在打瞌睡的阿波丝多罗说，对其他的人说。但只有官泰夫人回应。她拿了两只杯子去了厨房。埃拉尔夫人又开始做起她的布娃娃来，官泰夫人

255

问她是不是学钢琴学过很长时间，她的悟性那么好。埃拉尔夫人回答说只跟一个老师学过几年，然后我就自学，而现在您看，我没有时间学了。但她很快地看了她丈夫一眼，她不愿意让他难堪，于是她补充道，但我一点儿也不怀念，我这么喜欢这些布娃娃，这跟钢琴一样，也是一门艺术，您看这个布娃娃，一个小布列塔尼女人，她穿着小围裙不是很娇美可爱嘛。官泰夫人说，是的，您是一个艺术家。勒贝尔端着两个杯子回来了。这么说您十六号走。五个侄孙，多有福气呵。您呢夫人。埃拉尔夫人回答说十二号，我已经答应我的侄女在她家过国庆日。真遗憾。埃拉尔先生和夫人不会和我们一起过国庆日了，我们那些漂亮的焰火，那么多的快乐，好像今年压轴的烟火会非常精彩，一位女士告诉我她是从一位在市政府身居要职的人那儿得知的。埃拉尔夫人说从某个方面来说她感到遗憾，但从另一方面来说又不，她的侄女需要她，此外他们那儿节日也肯定非常热闹，三年以前我们就是在她那儿过的，如果您还记得的话。是不是。她朝她丈夫转过身，但他在打瞌睡。加斯东也在打瞌睡。官泰先生也是。先生们比女士们更容易打瞌睡。只有韦拉苏没睡，于是勒贝尔问他什么时候去度假。他还不知道，他一直都在等着一封信，大概是在十五号左右吧，他的一个姐姐与另一个早该搬家的姐姐有矛盾，在找到房子之前她一直待在她的家里，但她在十五号之前大概可以找到一套公寓。一套住所，多困难呵。而这个问题一天比一天严重。您还记得我们那个时候，大家有房子住，您不相信人口很快会膨胀。勒贝尔说什么都膨胀，这大概便意味着革命，也可能是战争。官泰夫人说，别这样说小姐，两次战争我们已经受够了，别谈这个了，这太可怕了。于是她们谈论起战争来，为随后发生的事情拟订计划，她们就去侄女家，在这种情况下应当互相帮助，她们知道这方面的一些事情。韦拉苏上楼到房间工作去了，而佩兰钓鱼去了。我出来到了花园。酷热。又一个要命的星期天，我整个下午都要去寻找那张纸以抵制忧郁。这是我的福气，忘记和弄丢我的那些纸张。我要是有记性，什么也不会丢失，我就不知道该干什么，像一只死耗子似的烦躁不安。时时刻刻都要寻思自己忘记了什么，这给了我支持。而找到自己忘记去寻找的东西，该是多么高兴。这是经常发生的。这使得我有机会寻思这东西我是什么时候弄丢的，我是否对自己说过把它找回来，什么时候说的，以及我是否记录过这件事，这样我就可以去寻找可能记录了这件事的那张纸，如果没找到我就去寻找，这能使我快乐两三天。额外的收获。从敌人那儿获取的额外战果。谁是我的敌人。流逝的时间。我不相信。更加复杂了。心理学。我不要冒险。

我寻思丰丰跑到哪儿去了。他在吃甜点时拿着桃子出去了，我看见他朝杂物间走去，他大概正在他的那些盒子里搜寻着。我去了杂物间。他不在那里。我利用这个机会搜寻着各个角落，我的小纸团可能滚到这里来了，我曾看见丰丰用脚把它踢向那些货箱。我把所有的货箱移开又放回原位，然后我在屋子深处为自己开辟了一条道路，我看见了丰丰做鸟窝的盒子，但我够不着它们。让他把这些盒子拿给我看。在右边那些园艺工具里。为什么要留着它们。至少应当把它们打扫一下，除除锈。这套工具，整个儿就是浪费。为了将来可能又会栽花种草。凤仙花。再扒一扒那些陷下去的砂石，对。我自己来做这件事吧，这很简单。清理工具和扒一扒花园。甚至全部打扫一下，全部清洗一遍。再用水浇一浇桃叶珊瑚、墙壁、栗树。为什么不呢。能够待在花园里它们可能会很高兴的。还要跟工厂说至少要在食堂的烟囱上安装一个什么东西，或是关上窗户用通风装置来通风，这股味道不正常，人被熏成这个样子。通知公共事业部门。应当做的是这些。

跟他们说，几年来我们在花园里感到呼吸困难就是因为这个食堂，先生们，这是正常的吗？卫生，公众健康，我们要去见部长，我们有关系。他们害怕了。他们说不过我们肯定会采取措施的，我们马上就做。他们去找了厂长，他不得不马上在所有的门窗上面安装了一些装置，否则就要罚款，就要被起诉，就要倒闭。要做的是这些。想着公共事业部门。跟加斯东说部长。我们可以在花园里围着射灯度过愉快的夜晚。我们的花坛栽满了凤仙花，我们的砂石在脚下嘎吱作响，我们的椅子重新漆过了，再加上一些围椅。就像开始时一样。每天早上我到处浇水。一喝完茶就浇。这是计划。应当实施。我决定了。想着花园。

然后我去了地窖，我在煤炭和土豆之间清理出了一条通道。这个事我也应当定期来做。不要总是依赖别人，不要依赖丰丰，他把一切都搞砸了，不要依赖玛丽，她没有时间。在上吊的绳子前胡思乱想，有什么意思。马上拔掉这颗钉子。打扫，拿掉，清除。当我从地窖出来的时候，官泰夫人和勒贝尔出去散步了。她们要去河边找佩兰，这样一起散步会很愉快。我问过她们为什么先生们不和她们一起来。他们还在休息呢，他们可能会来找她们的。您跟他们一起来吧，您为什么不来呢？就来一次吧，您原先总来的，来吧，您会改变想法的。他们总是对我说要改变想法。我是不是让他们感到我很可怜。我不在乎。我知道自己要干什么。

然后我寻思玛丽是什么时候从菜市场回来的，我没有看见她。她应该买奶酪，今天晚上奶酪会不够的。我去厨房问她是否想到了这一点。她把她买的东西全都给我看，给官泰夫人和勒贝尔买的孔泰奶酪、蓝纹奶酪，一些做焖菜用的西葫芦、西红柿、牛排、黄油、大米、鸡蛋。她晚上要做米饭和一种很好吃的沙拉，女士们都很喜欢吃。她还没有刷洗完碗碟，她还对我说，幸亏只有几天了，这么多人对我来说真是太多了，他们赶快走吧。我问她什么时候走。她告诉我她本来完全可以在苏诺夫人走之前，但今年这样安排很好地解决了苏诺夫人的问题，因为她侄女的关系。她将在八月份走。她没有什么衣服好穿，她的长裙已经很旧了，她明天要到平价市场去看看今年的式样，如果不是太贵的话就买一条长裙。苏诺夫人买了一件打折的黑丝绸大衣，在平价市场真的可以找到划算得多的东西。我去了大杂屋，先生们都在那里打瞌睡。加斯东问我在找什么。我说《泰雷丝·纳玛》，我早想读它了。他告诉我它在右边的第三层架子上。我拿了书，把它放在了桌子上。加斯东对我说别放在那里，它会被一直扔在那儿的，快拿上。埃拉尔醒了，他说，女士们都到哪里去了。我告诉他，她们到河边散步去了，她们刚刚走的，她们要您和官泰先生一块儿去找她们。官泰醒了。他问我们说什么。我告诉他。但他感到不大舒服，他消化不大好，要上楼去躺一躺。我说，可能是焖菜。玛丽放的油太多了，您是不是注意到了。但他认为是鲱鱼，他吃鲱鱼不消化，我早就知道这一点，但我很想吃。事实上他的妻子已经跟他说过不要吃鲱鱼，我想起来了。您又会生病的。贪吃。他说他吃鲱鱼和沙丁鱼不消化，野餐的那些沙丁鱼，您记得吧。您想我是不是记得，这让我大为扫兴。您也不喜欢吃这些。他站起来在壁橱里翻寻着，他想找篇文章上楼去看。阿波丝多罗夫人醒了。她说，女士们到哪里去了。我们告诉了她。她本来很想跟她们去的，但她早就不行了，她下午就待在这里吧，给她的侄女绣桌布。她绣这块桌布已经绣了几个月了。我是不是说过。她补充道，八月份她绣不完，只有到侄女家去完成了。埃拉尔夫人说，今天晚上我来帮您绣一截，我的布娃娃就要完工了。但阿波丝多罗，想想看，您的工作已经够多的了，您真是太好了。埃拉尔夫人要她丈夫也去散步，她不能去。他说，我不去河边，那里人太多了，我去广场那边，于是他出去了。

我们的星期天，这些不知该干什么，一边打着瞌睡一边反复唠叨着自己故事的人们。大概到处都是这样。官泰夫妇和勒贝尔很幸运，他们要做弥撒，这至少可以用去他们一上午的时间。午饭时他们说什么来着，他们出门时看见了什么。一位女士，对。一位女士告诉他们她换了一家肉店买肉，她不再去我们买肉的那家肉店了，他卖的都是些破烂货。而阿波丝多罗在玛丽端着焖菜进来时又把这事告诉了她。玛丽说她是决不会再换肉店了，那家肉店有一天塞给了她一块不能吃的肉，她只好不要。加斯东说，不过既然别人告诉您说他变了，那就不再是原来的那家了，试一试也好，再看看我这块肉，他没按纹路切，请您试一试另外那家肉店吧，可是玛丽砰地摔门而去。我对加斯东说她可能是对的，肉还需要看价钱，不贵的肉总是不能吃的。但勒贝尔坚持说那位女士跟她说的，她跟我们一样买的也是牛排，可那家的牛排就要好得多。我提醒说她买的可能是里脊肉，那当然要好些。但好像不是。然后玛丽端着沙拉回来了，我对她说她是对的，那位女士买的肯定是里脊肉，这就是她买的肉要好些的缘故。她说，当然是里脊肉，如果能吃的话，您想想看。我就是这样想的。我向勒贝尔示意不要再进攻了，当玛丽出去后，我说今天她有点神经质，星期天人太多了，她不习惯。官泰先生说他理解，埃拉尔先生也这么说。韦拉苏说，此外到处都一样，你们是知道的，我看在我们食堂肉总是有点儿硬，但看起来很新鲜，我们要多嚼一嚼。是的，要多嚼一嚼。加斯东一直找不到纹路，最后他把肉块切得乱七八糟，我们每人分到一块碎肉。牙齿里全都塞满了肉块。为了迎合博罗梅埃群岛这个话题，我说，马上你们大家都要去度假了，度假会让你们改变想法的，苏诺夫人回来后我会告诉她去找玛丽，玛丽最听她的了，我们争取到另一家去买肉。埃拉尔夫人谈起了她的布娃娃，去度假前她还要再做五个，然后她低声跟她丈夫说起话来，他们计算着，二十五减十减五。大家把沙拉递来递去。佩兰问我要不要沙拉，我正要回答，就在这时，丰丰想要站起来，结果打翻了九度酒的酒瓶。加斯东生气了，他说，蠢东西，你就不能注意点儿嘛。快拿手帕来。我没有。我对丰丰说到大杂屋去看看。他回来说手帕不在那里。我用我的餐巾给他擦了鼻涕。勒贝尔说，您还是不要用餐巾给他擦鼻涕吧。但我对此根本不在乎。

我想必是在哪里搞错了，我们又一次说到

午餐，这不正常。或是晚餐。出发之前。一点儿也不重要。吃过桃子之后我们到大杂屋喝了咖啡。加斯东看见《泰雷丝·纳玛》在桌子上，于是他说，我说什么来着，你什么东西都乱扔。他把它放回了原处。阿波丝多罗向我提议玩几把纸牌。在其他人都迷迷糊糊的时候，我和她玩了纸牌。韦拉苏已经上楼回房间工作去了。佩兰在他的壁橱里翻寻着德雷弗斯事件。官泰在放线时打翻了小灯盏。埃拉尔夫人开包取出了她的那些布娃娃。其他人或看书或说他们要去睡觉。

又是一个夜晚降临。我吃不消了。这篇报告像其他那些报告一样失败了，但我已经习以为常。我几乎没有感到有什么遗憾。应当把它做完，一边说着我已经努力做过的事情，他们都上楼去了。加斯东坐在他的围椅里，显得筋疲力尽。我跟他说还有几天，然后就安静了。他对我说是的，一个月以后又重新开始。我对他说如果你去度假，就会改变想法的。他告诉我说他母亲感到不大舒服，她给他写过信，他的姐姐要去照料她。然后他去灵柩台清理他的发票去了。

镇静。

感觉比平常更失败。特别是没有完成。我留下了一大堆没搞明白的事情，我没能解脱。

但怎么办呢。继续。只有一往无前才能更有把握返回。个人的看法，又是个人的看法。例如这个看法。尽管既贫困又沮丧，我还是应当承认有件事我是满意的。过去当我在办公室上班的时候，我显示出来的形象与自己并不相符。它将留在那个时期熟悉我的人的心目中，而我对此感到遗憾。总是在大街上、酒吧里逗留闲逛，不管什么人都与之交往，睡无定时，并且没有什么道德观。这副形象并没错，我想说的不是这个，既然别人以为我喜欢这种生活。但并不全面，我认为。我现在显示在寄膳宿房客们面前的形象也是不全面的，但说到底要更真实一些。令人沮丧的、不全面的但更真实一些，从某个方面来说。令人不生厌的一面。因为人们不能同时表现出所有方面。一副简化但更为真实的形象。我宁愿是自己搞错了，因为我也不喜欢这副形象，但我觉得好像没有错。

镇静。

加斯东去了灵柩台。

或更好，既然现在什么都不重要了，那就从晚餐前重新开始吧。这不是精彩之处，我们就餐时只有五个人。准确并严守纪律。

与加斯东喝开胃酒。他建议我再买一些贝诺德酒。我们的年轻时代又回来了，确实。但我得再多说两句。在劣质啤酒的作用下，我想必是想到了未来，看到前途铺满了玫瑰，由此进行了联想。我们去买贝诺德酒，可以，但我们要有所改变。我们要为寄膳宿房客多做点什么，这对我们来说并不会失去什么。我们所接受的教育是抱怨也没有用，从某个角度来说它是令人鼓舞的。我知道助人于己也会有利。在只有这个办法的时候我们只要往前就行了，总有一天我们会把所花的费用再捞回来的。于是我对加斯东说，既然这些年来我们没能快活起来，那我们就为住户们做点什么吧，看到他们快活，也许会使我们自己重新振作起来。他回答我说，你看，你有一些发现，你是不是觉得我很天真，我的洗衣机，你不懂的。我又做了蠢事。贝诺德酒垃圾。他又跟我算起账来，五个半月就能摆脱所有的麻烦，如果他们能够支付第一笔款子的话。或者六个半月。你看这没有什么了不起，不要总是节外生枝。未来又有了色彩，我出去找丰丰去了。

对邻居的胡思乱想。我是偶然想到这个的，可能我并没有搞错但也并不准确。以后再详细谈吧。那会太迟了，我知道这一点。报告将在这之前结束。我把其他的一些事情放到以后再谈，但那是些什么事情呢。出于这同一个目的。故意不能。

丰丰回来了。鸭子的故事。正是这样。

266

勒贝尔在餐桌上大声嚷嚷。正是这样。

我们入席了。不准确，我们只有五个人。我坐在自己的位置上，也就是说背对着厨房。阿波丝多罗在我对面，勒贝尔在另一头，加斯东在她的对面，而丰丰在我旁边。玛丽端来了剩下的茄子。她说她加上黄油和香芹热了一下，以便吃起来有鲜味儿。她又出去了。我们吃了起来。加斯东还是觉得它们的胡椒味儿太重了，这是正常的，尽管有香芹。勒贝尔觉得它们非常美味，她到侄女家也要这样做，她非常喜欢这种简单、经济的烹调法，她和玛丽临时发明的，这意味着她的智慧。阿波丝多罗更喜欢常吃的焖菜，但为了避免口角，她补充道换个口味，时不时地变换一下是应该的，这样大家就更愿意回到正常的轨道上来。不准确。这样大家就更珍视日常的伙食。这样大家就更珍惜……她没有像这样斟酌词句，但就是这个意思。一个引来整个计划的句子。我生活中的调料。这是怎么回事。每次都能因时而异找到精彩之处。是不是每次的结尾全都一个样。想着香芹。丰丰要喝水。勒贝尔说不。长颈大肚水瓶就在她的胳膊肘跟前，就是为了这个目的，她早早地就把它拿过来放在她跟前。为了拒绝。加斯东说，显然是胡椒放得太多了，把长颈大肚水瓶递给我。他自己先喝了一杯，为了骗骗大家，我还没有倒酒，然后他往丰丰的杯子里倒了半杯水，丰丰一口气喝干了。玛丽在厨房里喊道，大家都吃煎蛋吗？阿波丝多罗想吃带壳煮的溏心蛋，三分钟。勒贝尔提醒她说玛丽会把它煮过头，或是不到火候，并说她跑了一个下午，少给她点工作也好。我对玛丽喊道，是的，大家都吃煎蛋。丰丰也想吃溏心蛋，我对他说明天吧。他又想喝水。我不敢给他。他在椅子上动个不停，我对他说快去快回。勒贝尔的脸色。他和玛丽从厨房回来了，他对着水龙头喝水，衬衣全打湿了。他迟疑着不肯进来。玛丽对他说，往前走，我要烫着了。她把碟子放在桌上，说她没有换盘子，这样鸡蛋的味道更香，她清煮的鸡蛋。大家吃了鸡蛋，但鸡蛋不新鲜。勒贝尔趁机对阿波丝多罗说，您看，我们没有吃溏心蛋真是对了。丰丰不想吃他的那一份，他已经吃饱了，我对他说，到餐桌上拿个桃子然后去花园吧。勒贝尔又说起了规矩。阿波丝多罗的下巴上沾了蛋黄，整个晚上蛋黄一直都留在她的下巴上。遇到这种情况只有可爱的埃拉尔夫人向她暗暗示意。要不然就是别的人没有注意到。至于我我是不敢的。也许是这让我感到有点儿好玩。然后是奶酪，玛丽又买了一些奶酪，但没有蓝纹奶酪。然后是桃子，然后在大杂屋里喝咖啡。

勒贝尔在上咖啡。阿波丝多罗两块糖，她自己两块，加斯东一块。而我不要糖。她又开始打毛线。加斯东在浏览洗衣机的说明书，它一直放在那张摩洛哥独脚小圆桌上。阿波丝多罗向我提议玩一把纸牌。镇静。她把红心 K 和方块 Q 搞在一起。她对我说我玩得比官泰夫人好，奇怪的是她竟这么会打牌。玛丽回来收拾杯子。她大概在厨房里感到无聊，想说点儿什么。她没有找到话题，而为她找话题让我感到烦恼。她又出去了。纸牌。不，您又搞错了，这是黑桃 Q 和方块 J，而不是方块 Q 和黑桃 J，您搞反了。她说这真奇怪，我每次都搞错。然后大家谈起出发度假的事来。勒贝尔九月初走，阿波丝多罗不走。她不会穿她那件漂亮的长裙。

　　这一次讲完了。

　　不远的未来破灭了。

　　说一说她们上楼以后我做了什么。加斯东在他的围椅里，心不在焉的样子。我对他说，你为什么不到你母亲那儿去呢，这会让你换换想法的。他告诉我说她感觉不大舒服，我姐姐会去照顾她的。他去清理他的发票了。